藍學堂

學習・奇趣・輕鬆讀

TOEIC Workplace English

多益職場一本通

多益情報誌 著

不只考試好用，工作現場更實用！

本書
使用説明

No. 01 看懂跨國企業徵才啟事

文章標題

重點單字

以粗體色字標示，更能一目了然。

造句練習

將單字套入實際句型，現學現用。

Procedure

指「程序、步驟」，也可以當做「手續」，要讀作 [prə`sidʒə]。如果你要去銀行開戶，或向某單位申辦事務時問「該辦哪些手續？」都可用 What is the proper procedure? 在 SOP 的 3 個英文字中，procedure 是難度較高的字，值得一記。

✎ 舉例

The supervisor discussed a change in payment procedures in the morning.

這位主管早上剛討論過一項付款流程上的改變。

考題測驗

精選多益仿真考題，學習效果馬上驗收。

答案説明

正確解題與答題技巧提醒。

馬上練習 | 多益模擬考

搞懂「程序」、「過程」、「進行」，以下這題多益練習題就難不倒你了。

Please review the new safety procedures and _____ any questions to Mr. Bae at extension 2528.
（A）inquire （B）direct （C）expect （D）prepare

🖉 解析

本題的正確答案是（B）。direct 在當動詞時，雖然有「管理、主持、指揮、指示、導演」之意，但是本題中的 direct ～ to 是指「將（意見、投訴、信件等）交予～」。本文題意是：「請檢視新的安全流程，並可撥分機 2528 向裴先生提出任何問題。」

多益單字大補帖

apologize [ə`pɑləˌdʒaɪz]（v.）道歉；認錯
turbid [`tɝbɪd]（a.）渾濁的；汙濁的
tap water [tæp `wɔtɚ]（n.）自來水
tainted [`tentɪd]（a.）汙染的

延伸單字
相關的多益必考單字，擴大學習範圍。

多益時事通

「撤換」是新聞常見的單字，例如 2015 年國民黨總統候選人洪秀柱被撤換為朱立倫；德國福斯汽車（Volkswagen）因為廢氣排放造假醜聞，執行長馬丁・溫特康（Martin Winterkorn）遭撤換等等。這麼多「撤換」的新聞，我們還能不好好學這個字嗎？

延伸議題
將所學單字緊扣相關時事議題，考試、工作應用範圍更加廣泛。

篇章說明
本書根據職場不同階段共分為 5 大篇，每篇根據情境加以分類。

單元索引
循序漸進的工作階段情境說明，能按圖索驥，方便查詢。

不只考試好用，工作現場更實用！

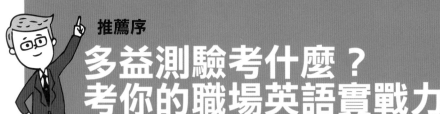

多益測驗考什麼？
考你的職場英語實戰力

很多人一聽到我在多益測驗（TOEIC）服務，通常第一句話就會問：多益要怎麼準備？甚至有人想要打聽多益都怎麼出題的……。

做為一個通行全球的國際英語檢測單位，多益測驗能在 150 個國家中超過 1 萬 4000 家企業、學校或政府機構採認，其具有的信度、效度，當然不可能輕易被「洩題」。不過，多益測驗考什麼呢？也不是什麼不能說的秘密。

去年忠欣公司邀請美國教育測驗服務社（ETS）的專業講師來台舉辦研習課程，其中有一位是多益題型設計團隊的一員，同樣的也有學員跟講師打聽「多益怎麼出題？」這位講師侃侃而談毫不避諱，她說，TOEIC 的出題內容皆取自日常生活，因此素材可能來自任何場域。她舉例，她前一晚在台北住宿的飯店，房間內的飯店英文說明文字，就有可能被她帶回美國當做參考題型……。

許多人誤以為 TOEIC 是專為商務情境所設計的測驗，其實不然，ETS 設計此測驗是為了測試語言學習者在生活、職場等日常情境中以英語溝通的熟稔程度。在多益測驗的官網中，就大大方方地告訴考生「多益測驗考哪些內容？」（http://www.toeic.com.tw/about_test2.jsp）網站上寫著一共有 13 種情境。

一般商務的契約、談判、行銷、企畫、會議；製造業的生產線、品管；和金融預算有關的投資、稅務、帳單、會計；辦公室裡的電話、信件、備忘錄、董事會、辦公室器材與家具等，這些多是上班族不陌生的職場情境。也有更輕鬆而且很常遇到的，如旅遊中的交通時刻表、機場廣播、預訂、脫班與取消；或是與外食相關的商務／非正式午餐、宴會、招待會、餐廳訂位；還有電影、劇場、音樂、藝術、媒體等和娛樂相關。

所以，在多益的考題中，我們看到一家度假飯店的淡季折扣宣傳廣告，或者超市內推出新品的限時促銷廣播。這些題目都相當生活化，都是英文環境中會隨處遇到日常生活情境。

就像《多益職場一本通》這本書提供讀者的，每一篇都是從生活、工作中遭遇的事件出發，當你還是社會新鮮人時，你要面對的是找工作、寫履歷表、面試；隨著工作的磨練，老闆開始委以重任，從回覆外國客戶的 e-mail 開始，接著你還要打電話和客戶接洽，然後你要接待外賓、並且有一場英文簡報。透過每一篇文章，讓讀者掌握如何藉由著你的英語溝通力來展現職場專業能力。

知道多益考什麼，準備起來好像就沒那麼令人焦慮了。就像在台灣人力銀行網站上，即便是台灣企業，也經常出現的全英文徵才條件，「徵才廣告」正是常見多益考題。所以，下一次當你在瀏覽人力銀行網站時，如果能看懂這樣的英文招募內容，不但可以針對企業的需求準備自己的履歷表，你當然更可以在考多益的時候，輕鬆把分數拿下。然後，帶著你的履歷表和多益成績單，自信地面試去吧！

ETS 臺灣區總代理　忠欣公司營運長

Contents 目錄

Part1 菜鳥篇 001

Step1 求職

Step2 面試

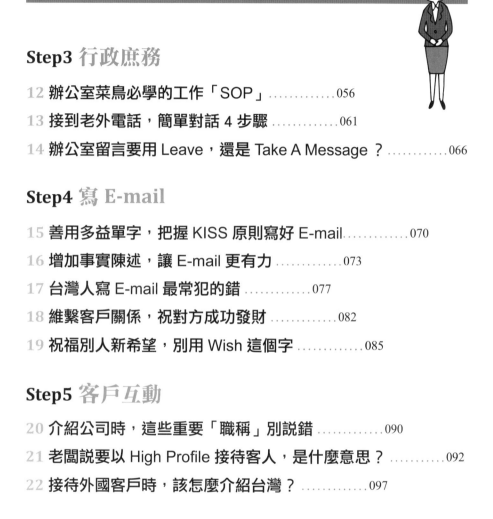

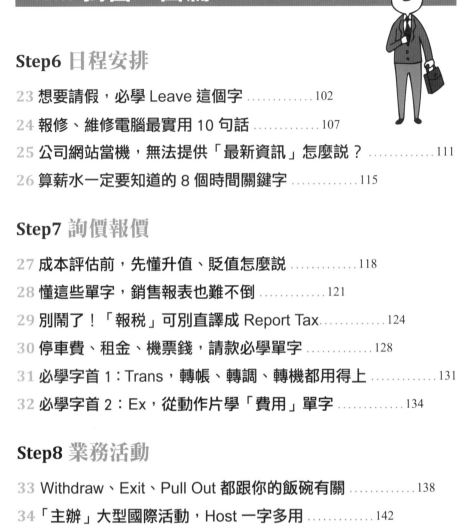

part

菜鳥篇

Step1	求職
Step2	面試

1

想要應徵跨國企業或外國公司，英文能力是基本，面對全英文的徵人啟事要怎麼找出重點？我們看看下列這則範例：

Job Requirement
1. A master degree
2. At least two years of experience in related fields
3. Knowledge of word processing
4. Highly proactive

前 3 個徵人條件是基礎，相當常見：第一項要求學歷，這裡要求必須有碩士學歷；第二項則是在相關領域至少要有兩年工作經驗；第三項則是工作技能需求，需要有文字處理的技巧與知識；此外第四項的「highly proactive」非常值得注意。

highly proactive 就是一般徵才中，雇主最常要求的「個性主動積極」。應徵條件的「主動積極」，不會用 optimistic 或 active 這兩個字，最常用的表達方式就是 highly proactive！

proactive 是近 20、30 年新造的字，雖然有些英文字典沒有收錄，卻是在國際職場與多益測驗裡必學的好單字，也是美國商管學院在談商場策略時的愛用單字。

一看到它「pro」+「active」的結構，就知道這個字與 active（積極的）有關。而且不只是「積極的」，還要在別人未動之前就動起來，所以字首加上 pro，有「在～之前」的意思，如同中文常說的「先發制人」。所以字典中除了將這個字解釋為「積極的」，有的字典也把 proactive 解釋為「先發制人的」、「先制的」。

從本篇徵人啟事中你可以看出，雇主不但需要你比 active 積極，還進一步要你 highly proactive！前面加上 highly 這個字，表示「很、非常、大大的」！如果你能夠在職場上發揮這種 highly proactive 的精神，老闆想不升你官都難！

馬上練習｜多益模擬考

Many high technology businesses need to take a more proactive strategy to deal with the rapidly changing marketplace for their _____.

（A）produce
（B）productive
（C）producers
（D）products

解析

本題是多益測驗 Part 5 句子填空的典型題型。題意是：「許多高科技公司必須為他們的產品採取較為先制的策略來面對快速變化的市場。」答題技巧上，空格前是所有格「their」，所以答案應該先找名詞，優先考慮答案（C）與（D）。（C）是「製造者」、（D）是「產品」，以答案

（D）較符句意。

至於（B）是形容詞「生產力高的」，（A）是動詞「製造」，但它亦可作名詞，指「農產品」。

多益單字大補帖

字根 act，有「做、行動」的意思。比方說，以下這幾個常用字：

action　　字根 act 加上名詞字尾 ion，有「動作」之意，如功夫明星成龍、或是傑森·史塔森（Jason Statham）的「動作片」稱為 action film。

actor　　字根 act 加上表示「人」的名詞字尾 or，就成了「表演動作的人」，所以是「演員」。

active　　字根 act 加上形容詞字尾 ive，它表示「很能行動的」，所以是「主動的、積極的」。

activity　　active 加上名詞字尾 ity 就是我們常用的「活動」，顧名思義當然是「做、行動」。

字首 pro 與 pre 都有 forward（往前）或是 before（在～之前）的意思。字母「o」與「e」的變化只是母音 a、e、i、o、u 之間的轉換，例如：

program　　gram 有寫出或畫出的意思，加上 pro 表示「提前寫」，所以 program 是「計畫」、「節目表」。

progress　gress 是走（同 go），走在前面或往前走，所以 progress 是「進步」、「改進」。

preview　view 是看，加上 pre 表示「在前面先看」，所以 preview 是「預習」、電影的「預告片」。

predict　dict 是說，事情還沒發生就先說，所以「predict」是「預言」、「預測」。

要應徵工作,最重要的是準備一份履歷(résumé),在國際職場,通常還會要一封求職信(cover letter)。以下是英文的徵才廣告中常見詞彙:

wanted(徵才)

want 的英文字義是「要」,而 wanted 是「被動式」的過去分詞。wanted 的原意是被警方搜捕追緝,遭到通緝的意思,所以在電影中我們常可以看到通緝犯的照片上大大的寫著 wanted。如今這個字也被用在徵才廣告上。比方說 Graphic Designer Wanted,意思是某公司要徵「繪圖設計」。

cover letter(求職信)

在一般的觀念裡,找工作只要一份履歷表就可以了。但在國際職場上通常還要一封 cover letter,稱為「求職信」或「自我推薦信」。應徵者在信中簡略說明要應徵的工作、簡短的自我介紹、專長、以及為什麼適合這份工作,屬於比較簡略概要的說明。通常公司裡的人資專員會先提供 cover letter 給人資經理做為初審之用。

résumé（履歷表）

英式英文常用 CV，為 Curriculum Vitae 的縮寫。當人資經理挑選出適合的人選後，會將 résumé 轉給該項職缺的部門主管，因此內容要比 cover letter 更詳細。

job description（職務說明）

英文的 describe 是「描述、描寫、形容」的意思，description 是它的名詞，所以 job description，就是「工作內容、職務說明」的意思。

馬上練習 | 多益模擬考

多益測驗中，有許多與求職相關的話題。在聽力部分，可能是一段面試的對話，也可能是一段大型聯合面試的廣播。至於閱讀部分，則可能是徵才廣告、求職信、錄取通知書、面試後詢問信等等。以下模擬一家 W 公司的徵才廣告：

Job Opening: Business Analyst, W Technology Ltd.,
The W Technology Company is inviting applications for its project in Ha Noi, Vietnam. The factory in Ho Noi is starting the Construction Project A451 from July 2016.

Job Description:
● Communicate with customers to get their requirement and business needs.

- Advise customers based on the findings from business analysis.
- Transfer the finalized requirements with customers to the project team.
- Update any requirement change during project implementation.

Requirements:
University graduate in economics study or the like.
Skilled with problem analyzing and solving.
Highly proactive.
Good communication and negotiation skills.
Expert with Microsoft Office system is an absolute necessity.
Good English listening, speaking, reading and writing skills: TOEIC score of at least 750.
To apply, please send a cover letter, a copy of your CV, and a recommendation from previous employment to Mr. David Chen, head of the Office of Human Resources. Instead, e-mail your CV to HR_jobs@W.com. The deadline for applications is June 15, 2016.

當您看了這間 W 科技公司的徵人廣告，您能正確回答以下的問題嗎？

Q1. According to the advertisement, what is one of the job requirements?
（A）Professional experience in economics
（B）A certificate of TOEIC
（C）Proficiency in Microsoft system

（D）A willingness to travel abroad

■ 解析

這個題目是問，以下何者是應徵條件？正確答案是（C），因為廣告中提到
Expert with Microsoft Office system is an absolute necessity。expert 是
「專家」的意思，也可以當形容詞用，表示「熟練的」。

在廣告中，沒有提到選項（A）的「就業經驗」與（D）的「願意到國外」，
至於選項（B）中所指的證照，廣告中只提及要多益成績而已；這 3 個
選項皆不符。

Q2. What is the applicant NOT required to submit?
（A）A résumé
（B）A letter of application
（C）A recommendation letter
（D）A photograph

■ 解析

注意，本題是選「錯」題，以下何者是申請者未被要求提出。（A）（B）
（C）三者都有，CV 就是 résumé；a recommendation from previous
employment 就是「推薦信」，所以答案是（D）。

require 是「要求、需求」的意思。英文字中，有字根 quir 的常用字只
有 3 個：acquire、inquire、require，字義分別是「得到」、「詢
問」、「要求」，可以一併記憶。

Q3. In the advertisement, the word "absolute" in paragraph 3,
line 5, is closest in meaning to ＿＿＿.
（A）definite （B）excellent （C）unlimited
（D）demanding

口語中常聽到的「Absolutely！」意思是「是的，那是當然囉！」而與答案（A）definite 相似的用法是「Definitely！」意思是「沒錯！確實如此！」兩者字義相近，所以正確答案是（A）。（D）的 demanding 這裡不只是「需求」，而是需求極多的，近「苛求的、過分要求的」。

全文翻譯 ▶▶▶

徵求：W 科技有限公司業務分析師
W 公司越南河內市專案徵才。河內市工廠 A451 建案將於 2016 年 7 月開工。

職務說明：
● 與客戶溝通，了解客戶需求
● 根據業務分析結果，提供客戶建議
● 將客戶定案提交專案團隊
● 專案執行期間，隨時更新客戶變更的要求

應徵條件：
大學經濟相關科系畢。
擅長問題處理分析。個性積極，具有良好的溝通談判技巧，務必熟悉微軟 Office 系統。
英文聽說讀寫能力良好，多益測驗成績 750 分以上。
意者請寄申請函、履歷表以及前任雇主的推薦函至本公司人事室主管陳大衛先生，或將履歷表以電子郵件寄至 HR_jobs@W.com。申請日期至 2016 年 6 月 15 日截止。

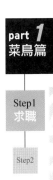

求職、徵才大多與「人力資源部」的業務有關，可以用 Human Resources Department/Office。「人資」也可用 personnel，它讀作 [pɝsn`ɛl]，重音在後。

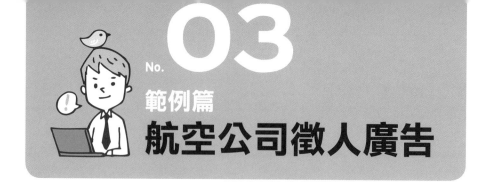

以下是某家航空公司在台灣的報紙上，刊登徵求空服員的人事廣告：

Flight Attendant（Hong Kong Base）

Key Responsibilities:
- **Carry out inflight safety and security procedures**
- **Provide excellent customer service which exceeds passengers' expectations**
- **Anticipate and respond to passengers' needs promptly and in a professional manner**

Requirements:
- **Citizen of Republic of China**
- **Minimum age of 18**
- **High School graduate**
- **Fluency in English and Mandarin (proficiency in speaking, reading & listening). A third language is preferable**
- **Polished interpersonal skills with a positive attitude and customer-oriented mindset**

- **A minimum arm-reach of 208cm and physical fitness to pass the pre-employment medical assessment**

Flight Attendant（Hong Kong Base）
（香港駐點徵空服員）

從標題 Flight Attendant（Hong Kong base）可得知，該公司要招募空服員（flight attendant），而且從 Hong Kong base 可看出工作地點主要駐點是在香港。

base 在英文裡指「基地、根據地」；在職場上，如果描述一家公司是「Seoul-based Jupiter Corporation」，代表 Jupiter Corporation 的總公司位於首爾（Seoul）。

Key Responsibilities（主要工作內容）

第一項的 Carry out inflight safety and security procedures 是指「執行航機上的安全與保全程序」。carry out 是常用的動詞片語，表示「執行、實現」。

第二項的 Provide excellent customer service which exceeds passengers' expectations 是「提供高於乘客期待的優質客戶服務」。句子中的 which 是關係代名詞，修飾前面的 customer service。說明空服員不只是外表光鮮亮麗，還要提供比乘客預期標準更高的服務品質。

第三項的 Anticipate and respond to passengers' needs promptly and in a professional manner 是指「以迅速且專業的方式預見、回應旅客的需求」。句中的副詞 promptly（迅速、敏捷的）與介系詞片語

in a professional manner 都是用來修飾句中的一般動詞 Anticipate and respond to。

看來空服員可不好當，除了要能先預見乘客會有什麼需求以迅速滿足他們之外，你還得表現得很專業。manner 在國際職場裡可以指「禮貌」，或「方式、方法」，須視前後文而定，在此的 in a professional manner 當然是指以專業的「方式」。

Requirements（應徵條件）

requirements 是指這份工作的「應徵條件」，它的動詞 require 可是多益測驗的核心字彙，有「要求、需求」之意，過去分詞 required 常被拿來當「必須的、必修的」。而名詞 requirement 則是職場常用的「必要條件」。在本文中，是指當空服員的必要條件有：中華民國國民、滿 18 歲、高中畢業、英文中文聽說讀寫流利；擁有第三外國語能力者尤佳。

除了這些基本條件仍不夠，你還必須有良好的人際溝通技巧（polished interpersonal skills），要有正面積極的態度（with a positive attitude），並且有以顧客為導向的思維模式（customer-oriented mindset）。

最後一項則是伸出手臂可觸及 208 公分高度，並通過職前體適能測驗。

馬上練習｜多益模擬考

招考、雇用、應徵與廣告這些屬於「人事」類的情境，都是在國際職場裡經常發生的事情，因此也深受多益測驗出題者的喜愛。下題不妨試一試自己身手：

According to the advertisement, what is one of the job requirements?

（A）A college degree

（B）Proficiency in English and Mandarin

（C）Professional experience in customer service

（D）A willingness to travel abroad

📄 解析

本題是多益測驗的典型題型，題目是問：「根據以上的徵人廣告，以下哪一個不是應徵條件？」正確答案是（B），因為這家公司要求英文與中文的聽說讀都要流利。（A）是指大學學歷、（C）是專業的客服經驗、（D）則是願意出國旅行的意願，皆不正確。

多益單字大補帖

security	[sɪˋkjʊrətɪ]	（n.）安全、保障、保全
procedure	[prəˋsidʒɚ]	（n.）程序、手續、步驟
exceed	[ɪkˋsid]	（v.）超過、勝過
expectation	[ˌɛkspɛkˋteʃən]	（n.）期待、預期

看懂徵才廣告，確認公司應徵條件後，履歷要怎麼準備？一般求職除了附上中文履歷外，個人的英文履歷、英文能力檢定證明等，也是必要文件。在撰寫前，有幾個注意事項要先提醒讀者：

提醒 1. 言簡意賅，兩頁內完成

履歷表英文稱之為 résumé，或是 Curriculum Vitae（CV）。這兩者的差別在於，résumé 通常是對個人工作經驗、教育程度、特質的精簡彙總，長度應在一、兩頁內完成；而 CV 則可寫入較多詳細的個人生活、嗜好、學習等經歷，長度可長達三、四頁。

提醒 2. 條列式編排，指出個人特色

無論撰寫的是 résumé 或 CV，寫作都要開門見山、直接破題。一份能夠積極展現個人特色、優點以及潛力的英文履歷，比較容易得到主試者的青睞。因此，透過條列式陳述，簡明扼要地指出自己的特色所在，是寫出好履歷的關鍵之一。

提醒 3. 快篩問答

無論是雇主或人資部門的主管，閱讀每份履歷平均花不到 15 秒鐘。能不能夠通過他們的第一關「快篩」，進入到下一關的細細審閱，首先，你得問自己以下問題：

Q1. 英文履歷第一頁的前半部，是否已經凸顯我的優點、特質？

Q2. 英文履歷裡提及的內容，是否能讓雇主快速翻閱後留下好的第一印象？

Q3. 英文履歷表、內文、格式，是否已經完美無錯？

履歷必備 6 重點

重點 1. Contact Information（個人資料）

此欄位內容包含：full name（全名）、address（地址）、cell phone number（手機號碼）、home phone number（家用電話）、e-mail address（電子信箱）。

重點 2. Job Objective / Position Desired（應徵職務）

這個欄位必須標明你要應徵的職位，並寫出此職位如何與你的目標、願景、能力、經驗作連結。這裡不要用一堆華麗卻空泛的詞藻，例如：「I am looking for a challenging position.」（我在找一個充滿挑戰性的職位）或「a job which offers me an opportunity for growth and advancement」（可以讓我成長與進步的工作）。在英文履歷當中，上述這些話給人不著邊際的感覺，請參考以下具體的示範寫法：

🖉 舉例

Aside from my people management skills, my five years of active experience in the relative field shall prove to be valuable for your organization.

除了我的管理技能，我 5 年來活躍在相關領域的經驗將證明我對貴公司的價值。

（註：上述內容取材自 Martin John Yate, 1993. The ultimate CV book: write the perfect CV and get that job. Kogan Page, U.K.）

重點 3. Summary（個人專長）

你要精簡點出個人專業領域上的成就、擅長的專業技巧與技術，或者提出相關的學科領域表現或證照等關鍵字，來證明你符合應徵職位的要求。

✎ 舉例

（1）Concentration in the high-technology markets.
　　致力於高科技市場。

（2）A self-motived person imbibing quality education with dual specialization in Engineering and Applied Mechanics.
　　有上進心，同時主修工程與應用力學這兩科專業教育。

重點 4. Education（教育）

列舉出畢業學校、學位、特殊獎項或者榮譽等。如果你有進修專業的課程也可以加在這一欄。

✎ 舉例

- University, College, Degree（大學、學院、學位）
- Qualification（資格）
- Professional Development（專業進修課程）
- Awards, Honors（得獎、榮譽）

重點 5. Skills（個人能力）

✎ 舉例

- Language（語言能力）
- Computer Skills（電腦能力）
- Certification（證照）
- Others（其他）

重點 6. Work Experience（工作經驗）

──列出你的工作經驗（employment history），由最近的到最早的列舉出曾就職的公司、部門、起迄時間（dates of employment），職位（the position），以及簡述職務內容（responsibilities）與工作表現（achievements）。

如果你是社會新鮮人，那麼在學時的實習經驗（internships），暑期工作（summer jobs），或者曾經從事的臨時工作（temporary jobs），社團經驗（School Clubs）、舉辦活動等資歷要全部列出來。

多益單字大補帖

精選 32 個超實用的履歷表用字！

assist	[ə`sɪst]（n.）/（v.）協助
demonstrate	[`demənstreɪt]（v.）呈現
inspire	[ɪn`spaɪər]（v.）啟發
prioritize	[praɪ`ɔrəˌtaɪz]（v.）區分優先次序
attain	[ə`teɪn]（v.）達成
determine	[dɪ`tɜmɪn]（v.）決心
join	[dʒɔɪn]（v.）參與
qualify	[`kwaləˌfaɪ]（v.）取得資格
accomplish	[ə`kamplɪʃ]（v.）完成
execute	[`ɛksɪˌkjut]（v.）執行
launch	[lɔntʃ]（v.）/（n.）發起
resolve	[rɪ`zalv]（v.）決心

build	[bɪld]（v.）建構	
focus	[`fokəs]（v.）/（n.）聚焦	
maintain	[men`ten]（v.）維持	
schedule	[`skɛdʒʊl]（n.）進度表；日程表	
campaign	[kæm`pen]（n.）活動	
form	[fɔrm]（v.）形成	
manage	[`mænɪdʒ]（v.）管理	
succeed	[sək`sid]（v.）成功	
clarify	[`klærə‚faɪ]（v.）澄清	
generate	[`dʒɛnə‚ret]（v.）產生	
negotiate	[nɪ`goʃɪ‚et]（v.）協調	
target	[`tɑrgɪt]（n.）/（v.）目標	
communicate	[kə`mjunə‚ket]（v.）溝通	
handle	[`hænd!]（v.）處理	
organize	[`ɔrgə‚naɪz]（v.）組織	
upgrade	[`ʌp`gred]（n.）/（v.）升級	
conduct	[kən`dʌkt]（v.）執行	
implement	[`ɪmpləmənt]（n.）實施	
operate	[`ɑpə‚ret]（v.）操作	
value	['vælju]（n.）/（v.）價值	

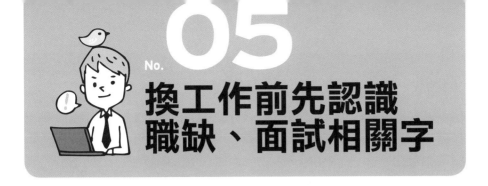

No. 05
換工作前先認識
職缺、面試相關字

part 1
菜鳥篇

Step1
求職

Step2

如何準備面試資料是許多人求職的困擾，英國廣播公司（BBC）的《Learning English》專欄〈Get That Job〉，便提供了不少轉職建議，你不妨從中尋找靈感，順便練習克漏字填空，可增加自己的英文閱讀力：

Q1. Most jobs are advertised as current __1__.
　　1.（A）position、（B）application、（C）vacancies

 解析

第 1 題的正確答案是（C），因為只有在職務有空缺（vacancy）時才會登徵人廣告。vacancy 還有其他用法，例如國外旅館在旺季時，如果沒有空房，常會在招牌下面亮出「No Vancancy!」的燈號。選項（A）position 是指工作上的「職位、職務」、（B）application 是指「求職、應徵」，這兩者的語意與題目不符。advertise 是「做廣告」，而 advertisement 是名詞，皆為職場的核心字彙。題意是：「大部分工作都是以當前的職務空缺來登徵人廣告。」

Q2. They appear in the local and national __2__ , trade
　　__3__ , and specialist career publications.
　　2.（A）press、（B）bodies、（C）resource
　　3.（A）contacts、（B）journals、（C）resource

第 2 題的正確答案是（A），press 當動詞時有「壓、按」之意，當名詞是指「媒體」。國際職場與多益測驗中，常見的應用是 press release（新聞稿）。而本句的主詞 they，是指登在廣告上的職缺。

第 3 題正確答案是（B）。此處的 trade，不是指「貿易」，而是指「行業、職業」。因為有些職缺會在雜誌上刊登徵人廣告，所以 trade journals（各種行業的期刊雜誌）為適當的搭配用法。

本題意思是說：「這些徵人廣告的職缺會登在當地或全國性的各種媒體、行業期刊雜誌、與專門人士的出版刊物。」

Q3. In addition, many professional ___4___ offer an appointments service which can help job seekers find a suitable ___5___ in a particular ___6___.
4.（A）bodies、（B）contacts、（C）agency
5.（A）position、（B）application、（C）vacancies
6.（A）industry、（B）ladder、（C）schemes

　解析

第 4、5、6 題的正確答案都是（A）。第 4 題的 body 雖然常用於「身體」或「主體」，但是它也有「團體」之意，所以在此是指組織、法人團體之意。第 5、6 題的句意為「在特定產業找到適合的職位」。此句話是指，就業市場的獵人頭公司（headhunters），能夠提供轉職的專業諮詢。professional 與 appointment 是國際職場與多益測驗的核心字彙，尤其 appointment 除了指「約時間會面」之外，也指「任命、委派」，是聽力測驗常出現的多義字。

本題意思是說：「除此之外，許多專業公司提供（工作）面談的服務，來替找工作的人在特定產業找到適合的職位。」

Q4. Recruitment __7__ hold details of a wide range of vacancies, and possibly local training __8__.
7.（A）bodies、（B）contacts、（C）agencies
8.（A）industry、（B）ladder、（C）schemes

🗋 解析

第7、8題的正確答案都是（C）。recruitment agency 是指「招募代辦」，亦即人力仲介公司。training schemes 是指教育訓練的計畫方案；許多人力仲介公司會提供教育訓練或職訓課程，以增加求職者的競爭力。題意是：「人力仲介公司擁有許多職缺的細節，以及當地的教育訓練的計畫方案。」

Q5. The Internet is a valuable __9__ - not only for vacancies but to find background information on companies.
9.（A）press、（B）journals、（C）resource

🗋 解析

第9題的正確答案是（C），resource 是「資源」的意思。現在網路發達，網路上有許多人力銀行，因此找工作也可以用滑鼠操作。題意是：「網路是很有價值的資源，不僅找職缺，也可以得到公司背景的資訊。」

Q6. Approximately one third of jobs are never advertised, but may be found by approaching a company directly. This is called a speculative __10__ , and is common among students starting at the bottom of the career __11__ .
10.（A）position、（B）application、（C）vacancies
11.（A）industry、（B）ladder、（C）schemes

第 10、11 題的正確答案都是（B）。approach 是「接近」、「接洽」。第 10 題的 speculative 有「推測的」意思，在職場則常用來指「投機的」；application 可以指「申請」，或「應徵」，因此 a speculative application 就是臆測求職法。

第 11 題的 ladder 是「階梯」，所以 career ladder 就表示職涯裡的晉升（promotion）。

題意是：「約有三分之一的工作機會是不登徵人廣告的，但是你可以直接詢問該公司。這種方法稱為臆測求職法，在開始職業生涯最底部的學生中，此法很常見。」

Q7. Finally, don't forget to use your personal __12__!

    12.（A）bodies、（B）contacts、（C）agencies

解析

第 12 題的正確答案是（B），本題意思是：「最後，別忘了善用你的人脈！」此 contact 有「個人連絡管道」之意；例如，你在工作時所建立起的人脈，它們在你轉職的時候，都可以發揮作用。

註：BBC 原文連結（link）
http://www.bbc.co.uk/worldservice/learningenglish/business/getthatjob/unit1jobsearch/page1.shtml

強調自己無可「取代」怎麼說？

如果要在履歷中強調自己的特色，會說：「我是無可取代的。」職場上常見的 replace 有「取代」、「以……代替」的意思，名詞是 replacement。replace 的介系詞要用 with。用 B 來取代 A 的時候，要用「replace A with B」的句型，才不會把「無可取代」，變成「被取代了」。

🖋 舉例

This company replaced the full-time employees with part-time workers.

這間公司用兼職人員取代全職員工。

如果用的是「被動式」，後面接的介系詞則要用 by，取其「A 是被 B 取代」之意。你覺得，課堂上的老師有一天會被機器人取代嗎？如果你覺得機器人永遠也無法取代老師的角色，那英文要這麼說：

🖋 舉例

Teachers will never be replaced by robots in the classroom.

機器人永遠無法取代老師來上課。

Volkswagen's ambitions are to replace Japan's Toyota as the world's top carmaker.

德國福斯汽車的企圖心是要取代日本的 Toyota 汽車，成為世界第一的汽車製造商。

同義字：substitute

replace 有一個常出現的同義字是 substitute，用法上有一個重要關鍵：使用 substitute 時，如果要用 B 取代 A，則 B 要放在前面，而且介系詞要用 for。所以當要用 B 來取代 A 的時候，substitute 與 replace 的句型分別是：

- substitute B for A
- replace A with B

看個實際的例句，「約翰用蜂蜜來代替糖」，用 substitute 與 replace 分別要這麼說：

舉例

John substituted honey for sugar.
John replaced sugar with honey.

此外，replace 的名詞是 replacement，但是 substitute 的名詞仍然是 substitute，因為它是名詞與動詞同型，所以代替的人、代替的物、代替品，都是 substitute。

舉例

Do you agree that Kevin is the most suitable for CEO?
你同意凱文是最適合的執行長替代人選嗎？

馬上練習 | 多益模擬考

如果學會了以上的「取代」，那接著的《多益測驗官方全真試題指南》

閱讀題，就易如反掌了。

Kline Biochemicals is seeking to replace a team of lab technicians with one experienced researcher who is able to handle high-level research projects ＿＿＿.
（A）absently
（B）inordinately
（C）independently
（D）elusively

📄 **解析**

正確答案是（C）。如果你能看出上文所提片語「replace A with B（以 B 取代 A）」的話，那這題你就能解出一半。（B）是 one experienced researcher（一個有經驗的研究人員），（A）是 a team of lab technicians（一個實驗室技術團隊）。現在要以 B 來取代 A，以答案（C）「獨立地」最符合全句。

全句句意為：「克萊生化公司正打算聘請一位能夠獨立處理高階研究計畫的資深研究員，來取代實驗室的技師團隊。」至於（A）是心不在焉地，（B）是過分的，（D）則是難以捉摸的，皆不符句意。

多益時事通

「撤換」是新聞常見的單字，例如 2015 年國民黨總統候選人洪秀柱被撤換為朱立倫；德國福斯汽車（Volkswagen）因為廢氣排放造假醜聞，執行長馬丁‧溫特康（Martin Winterkorn）遭撤換等等。這麼多「撤換」的新聞，我們還能不好好學這個字嗎？

而「replace」除了「取代、以～代替」之意，還有「撤換」的字義，它的名詞是 replacement，都是國際職場與多益測驗的核心字彙。現在我們來看看媒體如何用這個字來報導「撤換」的新聞：

✎ **舉例**

Taiwan's ruling party replaces candidate Hung Hsiu-Chu.
台灣的執政黨撤換候選人洪秀柱。

Martin Winterkorn is to be replaced this Friday as Volkswagen CEO.
馬丁‧溫特康本週五將被撤下福斯汽車執行長的職務。

Prime Minister Abe has decided to replace more than half of his 18 ministers in the first week of September.
日本安倍首相在 9 月的第一週就換掉了 18 位部長超過近半數的閣員。

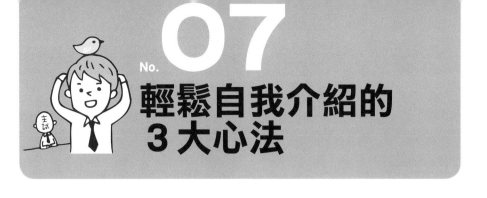

No. 07 輕鬆自我介紹的 3 大心法

當你獲得面試（interview）機會，面試官可能會請你當場做個簡單的「英文自我介紹」（English self-introduction）；或直接用英文對你說：「Would you please briefly introduce yourself in English.」。

如果你能用 3 至 5 分鐘做一段流暢的英文自我介紹，就表示你對國際職場充滿旺盛的企圖心，肯定會為你的面試加分。以下提供 3 大面試心法，讓你為完美面試做準備：

心法 1. 先談談自己

Talk about the subject closest to you – yourself !
談論最接近你自己的話題。

許多人聊天可以天南地北的說上個把小時，但是要正式介紹「自己」，卻連話都講不清楚，支支吾吾。

所以你要抱定一個心態，在英文自我介紹時，談論一個你最了解、最熟悉的話題：yourself（你自己）。如果你只用三兩句英文草草敷衍，如何能期望面試官認為你是一個有工作能力的人呢？所以，要言之有物的呈現你自己。

有些字眼在介紹自己時很實用，包括：my birthplace（我的出生地）、family（家人）、major（主修）和 present occupation（現在的職業）。

心法 2. 展現企圖心

Give the interviewers some understanding of your career background, your interests and your ambitions.
讓面試官對於你的工作背景、關注的事物及企圖心有所認識。

每個「人」都有不同面向，但在自我介紹時，不宜天馬行空扯太遠，最好專注在工作上的背景資訊（career background），例如 previous work experiences（之前的工作經驗）。讓面試官了解你的 interests。這可不是指你的「興趣嗜好」，而是與工作有關的「關注事物」，例如你曾參加的自我成長課程或關心的時事議題。也能談一談對於工作的 ambitions，這個英文字在這裡指的不是字典裡的「野心」，而是指工作上的「企圖心」，亦可解釋為自己的職涯規畫（career path），不要讓面試官以為你只是個朝九晚五的上班族。

✎ 舉例

My father is a doctor, so I guess it is natural for me to want to go into medicine. And, I will return to my hometown to practice medicine among my own people.
我的父親是個醫生，所以我會走上醫學這條路是很自然的事。而且，我打算學成後回老家為鄉親執業行醫。→點出行醫的背景與未來計畫。

I have more than five years' experiences as an engineer in this industry. For the past three years, I have joined many seminars in the field.

我在這個產業裡已有超過 5 年的工程師經驗。過去 3 年，我曾參加許多這個領域的研討會。→以參加許多研討會，展現企圖心。

心法 3. **練習再練習**

You certainly need to rehearse and practice your self-introduction until you are comfortable with it.
你當然需要預演練習，一直練到你有信心。

不論做什麼事，事先做好準備，就能得到成功。英文自我介紹的道理也一樣。當你準備好一份 3 至 5 分鐘的英文自我介紹後，一定要在家人或朋友面前演練（rehearse and practice），你甚至可以用手機錄下來做自我修正，不斷練習，直到「you are comfortable with it」，這裡的 comfortable 不是指「舒服的」，而是指你感到自在、有信心。

你不一定要把這整份英文自我介紹背起來，但至少要練習到很流暢。建議把開頭的兩三句記住，以降低緊張的情緒。例如你可以這麼起頭：

🖊 舉例

I would like to tell you a little bit about myself. My name is Paul Chang and I have been a professional chef for five years. In this role, there have been two things I love most – cooking and meeting people.
我要向你介紹一下我自己。我的名字是張保羅，擔任專業主廚已有 5 年多。在這個角色上，我喜歡做料理與跟人接觸。

自我介紹簡單範例

Currently, I worked for CPC, the biggest trading company in Taiwan, as an accounting analyst for 2 years. My job description includes financial reporting, planning, and cost management.

I was born on May 1, 1988 in Keelung. My father was a coffee shop owner and my mother was a school teacher. I have a sister who is younger than me by two years. I grew up in a financially stable family that is around a quiet neighborhood.

I attended the Hualien University from 2006 to 2010, majoring in economics. I had a master degree at the Kaohsiung University where I put my specialization on financial management.

I like to go swimming, play tennis, and go hiking as my casual events. I have an optimistic personality, which makes me an active, diligent and responsible person.

全文翻譯 ▶▶▶

目前我就職於台灣最大的貿易公司 CPC，擔任會計分析人員已有 2 年時間；工作內容包括財報、計畫與成本管理。

我出生於基隆，生日是 1988 年 5 月 1 日。父親是個咖啡店老闆，母親是學校老師，我有一個小我兩歲的妹妹。我生長於小康之家，住家附近環境很安靜。

我在 2006 至 2010 年間就讀花蓮大學，主修經濟學。之後，在高雄大學取得了財務管理碩士學位。

我喜愛游泳、網球、健行等休閒活動。我的個性樂觀，而且主動積極、用功負責。

當你熟悉了國際職場裡的英文自我介紹，現在就來試試以下這一題多益測驗 Part 3 的 Short Conversations（簡短對話）仿真試題。

Man: Have a seat, please, Miss Brown. I have looked over your résumé. Now, I have some questions for you. First, would you tell me the reasons that you left your previous job and want to join our company?

Woman: Well, the last company I worked for is a big one, but I prefer a start-up, where there is something I can learn from.

Q：What are the speakers doing?
（A）They are handling a loan.
（B）They are making a reservation.
（C）They are ordering food.
（D）They are having an interview.

解析

正確答案是（D）。本題是多益測驗的 Part 3 題型，每次測驗會有 30 題的 Short Conversations，通常是一男一女，各說話兩次，每次的長短就如以上例題。

本句的題目是問「說話者在做什麼？」從男士所問「已看過你的履歷表」、「妳為何離開之前的工作而想加入本公司？」的對話來看，應該是在進行面試，所以（D）為正解。

全文翻譯 ▶▶▶

男：布朗小姐，請坐。我已經看過了妳的履歷表，有一些問題想要請教。首先可以告訴我，妳為何離開之前的工作，還有要加入本公司的原因為何？

女：是的，我上一個工作是在一家大公司，但我想要到新創公司，可以學到一些新東西。

問：談話者正在做什麼？
（A）他們在處理貸款。
（B）他們在訂位。
（C）他們在點菜。
（D）他們在面試。

註：本文因英語學習與教學之目的，取材自 Toastmasters International。亦參考《新版多益測驗指南》一書。

拆解面試流程、必考題

面試可是第一次與公司主管（或面試官）面對面接觸，為確認你是否真如履歷上所呈現的一樣優秀（capable），就以此機會評估你的各項能力、經驗、知識、談吐表現，以及工作態度、是否能勝任這份工作的職責內容（duties and responsibilities）。

基本上，面試分成以下 3 個流程：establishing rapport（閒話家常）、information exchange（資訊搜集）、closing（結語），以下特別整理出這些面試關卡的重點和策略。

從開場到結語應答提示

開場：establishing rapport（閒話家常）

面試重點→面試主管通常在這簡短 5 至 10 分鐘的閒談當中，從你的肢體動作及表情，觀察你的基礎英文應對與面對壓力時的情緒管理。

應答提示→面試主管正是透過這階段，搜尋任何可能從你身上找到「談吐自然又大方的第一印象」。

過程：information exchange（資訊搜集）

面試重點→核心資訊交換階段約 15 至 30 分鐘，面試主管通常會依據你履歷中所提供的學經歷做深入了解，其中又以能和未來工作連結的

經驗為主要提問方向。

應答提示→事先設計一份履歷，就能主導這階段的面試提問。

結論：closing（結語）

面試重點→面試主管最後會花 3 至 5 分鐘做整合性的問題總結，例如：「你對這份工作還有什麼疑問嗎？」來提示面試已進入尾聲。

應答提示→可以利用這個時候主動為自己的面試再次總結，再一次推銷自己有哪些能力、知識、經驗、或特質較他人突出，強調自己是符合這份工作所需要的人才。

面試常見 3 問題怎麼答？

知道了面試流程後，現在就來破解面試最常遇到的 3 大問題吧！

問題 1.

So, tell me about yourself.
你先簡單的自我介紹一下。

隱藏版意義→看你是否能在不超過 2 分鐘的自我介紹中，有邏輯且有架構地陳述個人背景，同時凸顯你的能力及經歷優勢。
迎戰重點→使用正面的自我欣賞（self-complimentary）語句來描述個人的背景來歷。不需要使用太多形容詞稱讚自己，直接用一到兩句話說明自己的相關經歷即可。

你可以這樣回

Sure. My name is Tu Yi-Ting. You can just call me by my English name, Alisa.

好的。我的名字是杜怡婷，請叫我的英文名字 Alisa 就可以了。
破解策略 →輕鬆的回答，並告知面試官你習慣被稱呼的名字。

I have always enjoyed working with people and being engaged in problem solving.
在工作中我喜歡與人群互動，並且參與一起解決問題。
破解策略 →簡單的整合個人特質與這份工作的關聯性。

I was fortunate enough to go to one of the prestigious universities in the world, that is University of Pennsylvania, to gain my master's degree in TESOL, Teaching English to Speakers of Other Languages. There I had the opportunities to work with a large variety of students from K-12 level to post-doc level and from immigrants to international scholars and businesspeople.
我很幸運能夠有機會進入世界一流的常春藤學府賓州大學攻讀英語教學碩士學位。在美國期間，我把握許多工作機會，從小學（K-12）教到博後生，學生包括移民、國際學生與商業人士。
破解策略 →將學歷與經歷背景用自我欣賞的敘事方式凸顯出來，讓經驗有力地幫你的能力加分。

My exposure to teaching and developing English materials for professionals in all aspect of language skills has given me a well-rounded background. I'm particularly interested in developing course materials and doing teacher training and that was what excited me when I saw the employment opportunity that you offered. I would love to be able to contribute my skills, knowledge and experiences and to grow with the program.
在發展各面向的專業英語教材及教學的經驗中，我奠定了相當扎實的

基礎。我對於課程、教材研發，以及師資培訓有著特別的熱忱。正因如此，這份工作非常吸引我，我很希望能有機會貢獻自己的專長、知識和經驗，並與這個部門一同成長。

破解策略→最後，簡單整合你的重點強項與這份工作做連結，並提及可以貢獻的能力和資源，而不是一昧希望公司能讓你成長茁壯。

問題 2.

What is your weakness?

談談你的缺點是什麼？

隱藏版意義→這是一個「行為題」，面試官透過你敘事的切入角度，來看出你自我評估能力及未來職涯發展空間。

迎戰重點→使用「情境、例子、行為、結果」的 4 步驟來架構組織你的應答。記得選擇正面的用詞，代表面對困難及挑戰時，你仍有樂觀進取的心態。

你可以這樣回

Well, my attention to details rather than the big picture sometimes irritates my co-workers.

嗯，有時同事們會抱怨我過於注重細節，而忽略了整體大局。

破解策略→「情境」，提出一個能力或個性上的相對弱勢。

My boss once asked me to make a stand-up poster for a newly released product.

有一次，老闆指派我為一個新上市的產品製作桌上型廣告立牌。

破解策略→「例子」，舉出一個事件的實例。

I was happy to help promote the new product and insisted on learning inside out of the product specs, functions and marketing strategies in order to design the best stand-up poster that stands out the product advantages.

我很開心能有幫助公司推廣產品的機會。為了製作出一份完美展現產品優勢的廣告立牌，我堅持要全盤了解產品的規格、功能以及其行銷策略。

破解策略→「行為」，簡要地談在這個事件中你做了哪些事情，導致這件事成為你所謂的弱勢或缺點。

I ended up spending three whole days on the task and delayed other projects. I've learned from this that I need to take a more balanced approach at work. After all, perfection is good, but not at the expense of other more important work.

後來我花了整整 3 天才完成這項任務，也延誤了我手上其他正在進行的工作。因為這件事情讓我體會到，要在工作上學會折衷與平衡。要求完美固然是件好事，但不該因為執著完美，而犧牲了不該被犧牲的重要工作。

破解策略→「結果」，一句話總結這事件的結果，並用一到兩句話檢討與改進。

問題 3.

Why should we hire you rather than your classmates or someone else?
請告訴我為什麼我應該雇用你，而不是你的同學或其他人呢？

隱藏版意義→你或許是個不錯的人才，但想再多聽聽看你是否還有其他的才能，可以解決公司的問題。

迎戰重點→從對話中探測公司目前需要怎樣的人才來解決問題，或是帶出怎樣的創新想法，將回應的重點放在你過去經歷過的相關成功例

子，就是讓主管「選我」的關鍵。

你可以這樣回答

I understand that the company is planning on expanding the market. What I can offer is detailed technical knowledge and strong application ability.

我知道公司目前正在計畫開發新市場。我認為，自己能為您貢獻我的專業背景知識與實務應用能力。

破解策略→將自己的能力與公司所需的人才做連結，並提出可貢獻之處。

I can make specific and immediate contribution in shop planning and the related financial analysis. Here are some of the planning and events I initiated while I was helping my previous company expand new stores.

我能為公司在展店以及財務規畫上做出具體且立即的貢獻。這些資料是我在上一份工作所主導的活動與相關企畫。

破解策略→用過去的成功例子舉例，多加著墨你能如何協助組織解決問題。

Besides, I have three years sales experience. I know how to train the staff to increase target audience and deal with difficult consumers. These are what make me different and special from other candidates.

此外，我還有 3 年的銷售經驗。我知道如何訓練員工，有效地為公司拓展客群，以及教育員工如何面對難搞的顧客。以上 3 點是我較其他應徵者優秀的地方。

破解策略→使用「+1」技巧，除了以上提到的經驗之外，再提一個加分的能力。

No. **09**

面試扣分題：別動不動就說Actually

part **1**
菜鳥篇

Step1

Step2
面試

很多人把 actually（事實上、實際上或確實上）這個字當口頭禪，動不動就說出口。但，現在要注意了！英美職場專家表示，actually 一字已成了有損說話者「可信度」的字，他們建議立刻停止使用此字。因為，老把這個字掛嘴上，真的不禁令人懷疑：「你是不是在隱瞞什麼？」甚至是「你有沒有可能騙人？」

✐ 舉例

How many customers are using the platform?
有多少顧客使用這個平台？

當答案是：
We actually have over 100 companies.
實際上我們這有超過 100 家公司。

這樣的答案，會讓職場老手在心中產生一個疑問：「為什麼你要加個 actually ？」

actually 來自 actual，字根是「act」，是「做、動作」，既是做了，表示「發生、存在」，所以它是指實際發生的事（what really happened），或是真有其事（what is really true）。一般人常在答非所問的情況下誤用 actually，或當成發語詞用。在每句話都加上 actually，這會讓句子的強度，或你所述事情的可信度打折扣。

當一位人事經理用英語面試新人時問：

What is your career plan?

你的職涯規畫是什麼？

Actually, I hope to learn in the marketing department.

應徵者回答：我希望能在行銷部學習。

此新人尚未受聘，actually 不會是指實際發生的事，所以他的 actually 在此只是發語詞或口頭禪，算是贅字。

✍ 舉例

或者再看看這樣的回答：

I've just graduated from college, so I hope to learn in the marketing department.

我剛大學畢業，希望能在行銷部多學習。

這樣的回答顯然務實多了。一如職場專家所言，請少用 actually，不然就要把它用對。

✍ 舉例

I need to talk to the manager that actually made the decision.

我需要與真正做此決策的經理談一談。

或是用在補充你認為是事實的情況：

She is actually very helpful in this construction project.

在這個建案上，她確實幫了很大的忙。

事實上，in fact 只是補強句意

actually 與 in fact（事實上）的用法非常接近。有趣的是，in fact 原本

的說法是 in actual fact。fact 是「事實」，所以 actually 與 in fact 出現的
情境多半都是在強調事實，或是釐清實際的狀況。

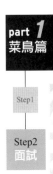

✎ 舉例

Many customers viewed cellphones and tablet computers in the
same category as 3C products, but actually they are quite different.
許多消費者把智慧型手機與平板電腦視為相同範疇的 3C 產品，
但事實上它們相當不同。

Traveling by airplane is becoming increasingly safe these days. In
fact, there are fewer accidents than 20 years ago.
如今搭飛機旅行越來越安全，事實上，飛安事故的件數比起 20
年前少了很多。

以上兩句，actually 與 in fact 分別帶出事實敘述以補強前句的論點。

馬上練習 多益模擬考

請看以下《多益測驗官方全真試題指南》的例題：

在聽力測驗中，一位男士說：

Why didn't you tell us you studied accounting?

接著另一人會回答什麼：

（A）I never actually finished my degree.

（B）The accountant is behind schedule.

（C）No, studying in the library.

解析

本題的正確答案是（A）。本題的解題關鍵之一是，你有沒有聽到與原因有關的「Why」。答案（A）是告知原因，所以為正解。其中的 **actually** 即為本文討論的「事實上、實際上、確實上」，與真實發生的事實有關。

而（B）、（C）答非所問，但重要的是（B）中的 accountant 與（C）中的 studying，與題目句的 accounting 與 studied 是「相似混淆音」，是誤導聽力受測者的干擾答案。

全文翻譯 ▶▶▶

你為什麼沒有告訴我們，你曾經修過會計學？
（A）我並沒有真正完成學位。
（B）會計師比預定行程慢。
（C）不，在圖書館念書。

談薪水，Compensation 比 Salary 更重要

談薪水是面試的重頭戲，如果只知道談 salary，那你就落伍了。公司除了支付每月薪水，還有免費員工午餐、交通車接送上下班、公司配備、年假、員工配股、佣金等津貼，甚至還有旅遊活動、加班費、尾牙吃大餐，這些全部合在一起，統稱 compensation。

荷包要飽飽，compensation 是關鍵

compensation 的動詞是 compensate，字義解釋是「補償、賠償」；但是名詞 compensation 在職場上另指正式的「薪資報酬」，也就是指整個 package（套裝組合），另一個比較接近的說法是「公司福利」。

至於「薪水」這個字，除了大家熟知的 salary，還有幾個常用字：wage 和 pay。wage 可指月薪或工讀生的支薪，salary 通常指公司每月固定支付的薪資。

舉例

W Technology Ltd. is a company which pays good salaries.
W 科技有限公司支付很不錯的薪資。

The compensation system in our company is a tool used by the management to reward staff with excellent performance.
公司的管理階層透過薪資制度來獎勵表現優異的員工。

人見人怕的「無薪假」與「資遣費」

還有兩個字有高頻見報率，也常會在多益與職場中出現，那就是人人聞之色變的「無薪假」與「資遣費」。資遣的英文是 layoff。layoff 與 fire 不同在於，fire 指「炒魷魚、開除」，而 layoff 是指公司因為不景氣，要精簡人力以降低成本，所以遣散員工；而離職員工通常會收到一筆「資遣費」（severance pay）。

舉例

About 30 employees in this food processing company were laid off last week.

這家食品加工公司上週約有 30 名員工遭到資遣。

一般公司發布「無薪假」的消息是透過「公司內部公文」來傳遞。「公司內部公文」是職場裡很常見的溝通工具，因此常常出現在多益測驗的題目之中，尤其是在 Part 7 單篇／雙篇閱讀測驗。這種形式的文章標題會寫著 Memo 或 Memorandum。其內容有時候是公司的新規定（company policy），有時是人事命令、或者是辦公室修繕搬遷等等。

Memo 在字典裡的解釋是「備忘錄、便條、摘要」，但在職場上有「公司內部公文」的意思；Memo 是 Memorandum 的簡式。

馬上練習｜多益模擬考

以下我們模擬一家位於加拿大的 W 科技公司所發布關於公司「無薪假」的內部公文，來增加 Memorandum 題型的熟悉度。

Memorandum
From：David Chen, C.E.O.
To：All W Technology employees
Date：Jan.30, 2015
Subject：Mandatory Unpaid Leave

We are generally encouraged by our performance in the year to date and W Technology remains strong as we continue to attract new clients and orders. Even so, we still confront, like all Canadian businesses including our clients and competitors, a challenging and unpredictable economic environment. In order to reduce operating expenses, the staff and associates in the production department are required to take three weeks of mandatory unpaid leave from Feb. 13 to Mar. 2, 2015.

The administration office will remain open with a skeleton crew on those days to meet client needs.

This initiative is designed to keep our dedicated team intact while managing our expenses and providing flexibility. This Friday（Feb. 3, 2015）, the management will conduct a meeting to address the questions and concerns of all employees.

To respond to the difficult economic times and avoid layoffs, we offer three voluntary options: shortened work weeks, early retirement, and leaves of absence. If you would like to participate in a voluntary option, please contact Ms. Susan Smith at the Human Resources office（extension 182）.

當你看了這家 W 科技公司的內部公文，能正確回答以下的問題嗎？

1. What is the purpose of the memo?
　（A）To notify employees of a new training course
　（B）To introduce new staff members
　（C）To encourage staff to retire
　（D）To announce a new company plan

🔖 解析

題目是問這篇公司內部公文的目的，很顯然不是通知訓練課程，也不是介紹新進員工或是鼓勵退休，而是宣布公司的一項營運新計畫「無薪假」。所以這題的正確答案是（D）。

2. When does the unpaid leave start?
　（A）January 30
　（B）February 3
　（C）February 13
　（D）March 2

🔖 解析

這篇公司內部公文一共出現 4 個日期，但是無薪假的起始日是 2 月 13 日，正確答案是（C）。

3. Which of the following is NOT in the voluntary options?
　（A）reduced work hours in a week
　（B）early retirement

（C）leave of absence
（D）flexible working time

🗐 解析

文中清楚提到，員工的自願方案選項有三。答案（D）flexible 的名詞
flexibility 曾在文中出現，但是它用於執行長所指「營運上的彈性」，而
不是自願性方案的選項，所以答案是（D）。

全文翻譯 ▶▶▶

公告
發文者：執行長 陳大衛
收文者：W 科技公司全體員工
日期：2015 年 1 月 30 日
主題：無薪假

平心而論，今年至今，我們的表現仍值得鼓勵，W 科技公司仍然很強
健，因為我們仍然吸引客戶與訂單上門。即使如此，就像所有加拿大
的其他企業一樣──包括我們的客戶與競爭者──我們面對了一個充
滿挑戰與不可預知的經濟大環境。為了要降低營運支出，生產部門的
員工與助理人員自 2 月 13 日至 3 月 2 日，將一律休「無薪假」。
這段期間，管理處仍會留有一組基本人員協助、配合客戶需要。

這項措施的目的在管控費用與保持彈性之餘，仍能保持我們這個團隊
的完整。本週五（2015 年 2 月 3 日），管理階層將召開說明會來討論員
工們的問題與疑慮。

為因應艱困時期並避免資遣員工，我們提供三種自願方案：縮短每週
工時、提早退休與休假。如果你有意參加自願方案，請連絡人力資源
部的蘇珊·史密斯女士（分機 182）。

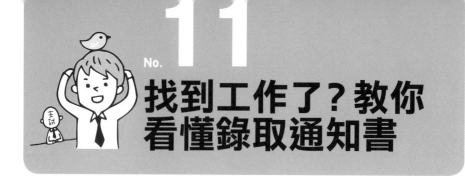

找到工作了？教你看懂錄取通知書

求職者在經過公司人事初步篩選後，終於獲得面試機會。接著再由公司相關高階主管進行第二次、第三次的面試。一路過關斬將，最終會由人力資源部發布一份正式的「錄取通知書」（offer letter）給錄取的求職者。其中內容不外乎：

1. 通知或確認求職者得到這份工作（job offer）與工作生效日。
2. 工作內容與職掌。
3. 公司提供的福利。
4. 期待這位求職者加入。

以下這封信是由某公司的人力資源部經理（Personnel Manager）發出的錄取通知信。在英文裡，「人」是 person，「人資」則是 personnel，重音在後，讀作 [ˌpɝsn`ɛl]。「人力資源部」除了稱為 personnel department 之外，也可稱為 Human Resource department。

通知或確認

這位經理在信中的第一句話，就是錄取通知信的 4 大重點之一：通知或確認。

I am happy to confirm your employment as a full-time Network Systems

Specialist with International Investment, Inc., effective Monday, October 17.

很高興確認並通知你自 10 月 17 日星期一開始，國際投資公司聘請你為全職的網絡系統專門人員。

這位人資經理用了 confirm（確認）這個字；工作上常常需要「確認」的動作，比方說確認對方收到傳真或付款、確認報價可以接受，或是確認會議時間地點等。句中「自某月某日開始生效」用 effective；effective 常用於「有效的」，比方說 This painkiller is effective.（這個止痛藥很有效）；法律上「生效的」也用此字。

✐ 舉例

Please confirm that you have received the payment we sent you last week.

請你確認收到了我們上週寄去的付款。

工作內容與職掌

信中接著下一句，就是錄取通知書的第二個重點：工作內容與職掌。

In this position, you will be reporting to Steve Warrick, the head of our technology, and your responsibility will include maintenance of and upgrades to the company's computer network.

這份工作的主管是史蒂夫·華威，他是技術部門的負責人。你的工作職責包括維修與升級公司的電腦網路。

句中的 maintain（維修、維持）與 upgrade（升級），都是職場常用的好字，多益測驗裡也經常出現。尤其 maintain 的字根 main，在英文裡是「手」的意思，古代維修要用「手」，字根 main/manu/man 都是

「手」，所以「手冊」就是 manual。

此外，句中的 the head of our technology 前面省略了一個關係代名詞 who，這個 who 指的就是新人的主管 Steve Warrick。如果把句子還原，讀者就可以較為理解：…… you will be reporting to Steve Warrick, who is the head of our technology, and……。

公司提供的福利

這份通知書的第三段，就是「公司提供的福利」。

As an employee, you will be eligible for salary increases based upon your performance and length of service.
依據新人的工作表現與年資，可以得到加薪。

You are eligible for paid sick leave, paid vacation, and participation in the company retirement plan.
新人還有不扣薪的病假、支薪的年假，以及可參加公司的退休計畫。

這兩個句子都用了一個職場重要字：eligible。

字首的 e 就是 ex，是 out（出去）的意思，比方說「出口」是 export。中間的字根 lig 在英文裡是「選擇」，lig/leg/lect 都是這個意思。字尾的 ible 表示「可以……的」，組合起來就是「可以被選擇出來的」，所以 eligible 的意思是：「合格的、合適的」。
✎ 舉例
David is eligible for that position.
大衛有資格擔任那個職位。

期待新同事的加入

通知書的最後一定會寫上公司對你的歡迎與期許，也就是「錄取通知信」的最後一個重點：公司期待你的加入。

We look forward to working with you here at International Investment, Inc., and we are pleased to welcome you to our team.
期待在本公司與你共事，並且歡迎你加入我們的團隊。

look forward to 是一個職場書信往來中，極常用的片語。當你表示期望某事時，都可以用這個片語，比方說期望收到對方的回覆、期望對方的來訪，或是期望盡快收到對方的付款等等。很重要的是，這個片語後面若是接動詞時，動詞要加 ing 而成為動名詞。

part **2**

便利貼職員

在職場上，SOP 是人人都能朗朗上口的管理學名詞，也普遍被運用在企業中。SOP 的中文是指「標準作業流程」，即 Standard Operation Procedure 的縮寫。接下來我們就一個字一個字拆解來看：

SOP=Standard Operation Procedure

Standard

指做為比較或評價之基礎的「標準、基準、水準」。我們最常聽到的「生活水準（或水平）」，英文是 standard of living。此外，standard 也可以放在名詞的前面當形容詞使用，指的是「標準的」，例如美國 CNN（有線電視新聞網）的主播們，在播報時所說的都是字正腔圓、沒有南方或北方口音的 standard English（標準英語）。

standard 和 degree 這兩個字常被弄混，standard 是「標準、水準」，而 degree 是指「程度、等級」。

✎ 舉例

The quality of their latest TV model is not up to their usual standard.
他們最新的這款電視沒有達到平常的水準。

Operation

是指「運作、運轉」，機器的「操作」與醫院裡的「手術」亦可用此字。其名詞 operate 也是常用字，會出現在「操作、運行」的情境裡。片語 in operation 更有「在運轉中」、「在實施中」、「生效中」、「在活動中」的多重意涵。

Step3
行政
庶務

Step4

Step5

✎ 舉例

She is in charge of the daily operations of the factory.
她負責工廠的日常運作。

The branch office in Tokyo will be in operation next week.
在東京的分公司將在下週開始營運。

Procedure

指「程序、步驟」，也可以當做「手續」，要讀作 [prə`sidʒɚ]。如果你要去銀行開戶，或向某單位申辦事務時問「該辦哪些手續？」都可用 What is the proper procedure? 在 SOP 的 3 個英文字中，procedure 是難度較高的字，值得一記。

✎ 舉例

The supervisor discussed a change in payment procedures in the morning.
這位主管早上剛討論過一項付款流程上的改變。

Proceed（前進）

既然學到了 procedure，想要在職場上展現英語流利度的你，不妨再學兩個與 procedure 有相關性的同源字 proceed 與 process。

proceed 是動詞，有「繼續進行、前進」之意。有了程序與步驟（procedure），才能繼續進行（proceed）；由此可見這兩字的關連性。

✍ 舉例

Wait for the instruction before proceeding to take actions.

請先等接到指示，再採取行動。

Process（過程）

process 則是名詞的「過程」。

✍ 舉例

Making a conclusion is part of the discussion process.

下結論是討論的過程之一。

SOP 失效怎麼表達？

標準作業流程這個字，除了在職場中常用到，在時事議題中也經常使用，例如台北因颱風而造成自來水混濁的話題，也曾經用到這個字，學起來後也可以在跟外國客戶聊天時派上用場：

A: Do you know that Mayor Ko apologized over city government's supplying turbid tap water?

B: Yes. He admitted that the problem wasn't handled well.

A: After the typhoon, the tap water appeared yellowish, and many citizens bought bottled water in panic.

B: Exactly. The quality of the tap water was poor at that time.

A: I think the city government was slow to take actions to address the tainted water.

B: Maybe the SOP is not working, and the city government is lax in its management.

對照上文，英文的「失靈」要怎麼說？失靈，表示無法正常運作或運轉，最簡單的說法就是 not working。

📝 舉例

You should check why the smoke alarm is not working.
你應該查一下為何煙霧警報器失靈了。

part **2**
便利貼
職員篇

Step3
行政
庶務

Step4

Step5

至於「螺絲沒拴緊」並不是指字面上的螺絲釘沒拴緊，而是指「管理鬆散」，英文的說法是 lax management，lax 是指「馬馬虎虎的、不嚴格的、散漫的」。

📝 舉例

The errors of shipment are due to lax management.
出貨的錯誤是由於管理鬆散。

螺絲沒拴緊，相對的，就是要上緊發條。「上緊發條」可以用 gear up 這個動詞片語。gear 是名詞的用具與裝備，而 gear up 是指把裝備用具帶上，表示「準備好要做事情」。

📝 舉例

The basketball team is gearing up for the match this weekend.
籃球隊已經為本週末的比賽上緊發條。

全文翻譯 ▶▶▶

A：你知道柯市長對於市政府提供混濁的自來水道歉了嗎？

B：知道。他承認這個問題沒有處理好。

A：颱風過後，自來水看起來黃黃的，許多市民搶買瓶裝水。

B：沒錯！那時候的自來水水質真的不佳。

A：我認為市政府在處理污濁自來水的問題時，太慢採取行動。

B：或許標準作業流程失靈，而且市政府管理螺絲沒拴緊。

搞懂「程序」、「過程」、「進行」,以下這題多益練習題就難不倒你了。

Please review the new safety procedures and _____ any questions to Mr. Bae at extension 2528.
(A) inquire (B) direct (C) expect (D) prepare

📖 **解析**

本題的正確答案是（B）。direct 在當動詞時,雖然有「管理、主持、指揮、指示、導演」之意,但是本題中的 direct ～ to 是指「將（意見、投訴、信件等）交予～」。本文題意是:「請檢視新的安全流程,並可撥分機 2528 向裴先生提出任何問題。」

選項（A）為「詢問」,正確的用法是「inquire 人 of 事」,向某人詢問某事時,介系詞要用 of。選項（C）為「期待」,選項（D）為「準備」,皆不符句意。

本題的 review 是重要字,除了表示「複習」,也有「評論」之意,例如書評是 book review,但還指「審查、檢查」,本題中即為此用法。

多益單字大補帖

apologize [ə`pɑləˌdʒaɪz]（v.）道歉;認錯
turbid [`tɝbɪd]（a.）渾濁的;污濁的
tap water [tæp wɔtɚ]（n.）自來水
tainted [`tentɪd]（a.）污染的

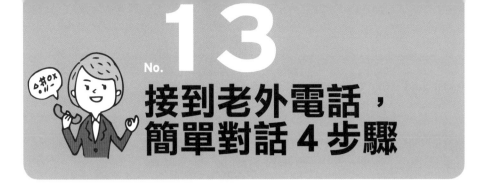

13 接到老外電話，簡單對話4步驟

便利貼
職員篇

Step3
行政
庶務

Step4

Step5

很多人在拿起電話筒的瞬間，聽到一聲「Hello?」腦袋就瞬間空白，你在職場中也有這樣的困擾嗎？

步驟1 先分辨是公私電話

常看外國影集的你，應該很習慣電話接起來不是「Hello」就是「What's up」吧？那可是私人電話的表達方式，以下是範例比較：

✎ 舉例

私人電話英文

A：Hello?（喂？）

B：Hi, Alisa?（嗨，艾麗莎嗎？）

A：Yeah. What's up?（是啊，你好嗎？）

商務電話英文

A：TOEIC OK. This is Alisa. How may I help you?

這裡是多益情報誌。請問我有什麼能為您服務的嗎？

B：_____.

A：Sure. Just one minute, please.（好的，請稍候。）

B常見的回答方式如下：

Hello. I'd like to speak to Ronald.
哈囉。我要找羅納德。

Yes. May I speak to Ronald, please?
嗯。不好意思，我可以和羅納德說話嗎？

Hi. I'm calling for Ronald in Training Department.
嗨。我要找訓練部門的羅納德。

Hello. Could you please connect me with Ronald?
嗨。請幫我轉接羅納德好嗎？

Hi. Can you please put me through to Ronald?
嗨，可以幫我轉接給羅納德嗎？

Hi. This is Chloe at TOEIC OK Magazine, Editorial Department. Is Ronald in?
嗨。我是多益情報誌編輯部門的克洛伊。請問羅納德在嗎？

有沒有發現，光是開頭就差很多了呢？連雙方的回應詞似乎都顯得格外正式和官方。一般來說，商務電話有其固定的公式：
公司名稱＋自己的名字＋請問來電需求的招呼語

步驟 2 轉接後，先從 small talk 開始

至於將電話轉接給對方後，該怎麼再重新 open the call（開啟對話）呢？

當對方接起電話時，他會說出自己名字，目的是讓你再次確認電話那

頭的連絡對象，此時你應該要表明自己的身分，讓對方預測接下來的談話內容、以及大約需要多久時間。

若是雙方都熟識，接下來對方會和你簡單的 small talk（寒暄、問候）關心你的近況，只需要簡單回應即可，結束時，你只要用一個語氣上揚的「Well」，對方就知道話題要轉回來了，然後簡要地略述來電目的，對話方式如下：

✎ 舉例

A：Hello. Garry Anderson.
你好，我是蓋瑞·安德森。

B：Hi, Alisa here, Dianna Wang's assistant at Abroadens in Taiwan.
嗨，我是台灣柏登公司黛安娜的助理艾麗莎。

A：Oh, yeah. Hello, Alisa. How's everything going？Almost done with the designs?
喔，我記得妳。哈囉，艾麗莎。最近一切都好嗎？設計稿差不多都完成了吧？

B：Yeah. Everything's good. We have now started to prepare the Fall/Winter fashion show.
是啊。一切都很順利。我們已經開始準備秋冬的服裝秀了！

A：Oh. That's terrific. Good to know things are moving forward.
喔！太棒了。很開心聽到一切都進行得很順利。

B：Thanks. Well, Dianna asked me to start making arrangements for your visit in upcoming October, and I'd like to go over a few details with you. Is this a good time to talk?

謝謝。黛安娜請我為你在 10 月的造訪進行安排和規畫，所以有一些細節想和你討論一下。請問你現在方便說話嗎？

A：Sure, no problem.

當然，沒問題。

B：So, there are two things I'd like to go over with you ___ the hotel and the reception. I'm wondering if you'd prefer___.

嗯，有兩件事情我想和你確認……住宿以及接待。我在想，你會比較喜歡……還是……

步驟 3 電話講一半，狀況來了

當電話講到一半，臨時有緊急狀況，需要暫時掛上電話立刻處理時，又該怎麼說呢？

🖋 舉例

A：Oh. Hey, sorry, _____

喔。嘿，不好意思，……。

B：Okay. It's not urgent.

好的。反正事情也沒有很急。

A：Thanks. I'll call you when it's over.

謝謝。一結束我就馬上回電給你。

A 常見的回答方式如下：

I'm in the middle of something. Can I call you back a little later?

我手邊有一些事情正處理到一半。我可以晚一點回覆你嗎？

I'm afraid I'm busy right now. Would you mind calling back around 10 o'clock?
我現在有點忙。你介意我在 10 點左右再打給你嗎？

Well, hey I'm on another line. Can I call you again in 10 minutes?
嗯，我現在正在另一通電話上。我可以 10 分鐘後再打給你嗎？

步驟 4 掛電話前，簡單摘要結論

結束電話談話是最容易的，因為最要緊的正事討論完了，所以你只需要簡單的總結討論的結果摘要，再次確認雙方的理解是 on the same page（看法相同、有共識的），然後加入以下句子，就可以說再見掛上電話囉！

✎ 舉例

I think that's all. Thanks for taking the time.
我想大致上就這樣了。謝謝你撥空討論。

多益單字大補帖

extension [ɪk'stɛnʃn] （n.）分機

它的動詞是 extend，表示「擴展、擴張、延長」之意，時間上的延期與「線」的延長亦可用此字。「分機號碼」是電話線的延長，因此 extension 2528 是指「分機號碼 2528」。

part 2
便利貼
職員篇

Step3
行政
庶務

Step4

Step5

No. 14 辦公室留言要用 Leave, 還是 Take A Message?

在辦公室常常有機會用到「message」這個字,是「訊息」、「留言」、「口信」的意思。例如當你打電話到 A 公司要找史密斯先生,而他的秘書告訴你對方正好不在時,你會問這位秘書:「May I leave a message with Mr. Smith?」這裡的「leave」是「留下」的意思。

這是最標準的「留口信、留話」給某人的說法,用的是:

leave a message with + 人

但換個情境,如果你的主管 Mary White 女士是外國人,當你在辦公室接到要找她的電話,她正好又不在,你可以詢問來電者:「May I take a message?」(需要我幫您留言嗎?)這裡的「take」是記下口信再轉給相關人士的標準說法。

注意→「leave a message」與「take a message」是不同的。

「message」的正確寫法

辦公室「留言」不僅內容很重要,格式與提供的訊息也會影響這則留言的效率。第一步先要確認留言的對象、並記下留話的人、日期時間,以及寫留言的人是誰。

part **2**
便利貼·
職員篇

Step3
行政
庶務

Step4

Step5

✎ 舉例

TO：Takashi Matsumoto
FROM：Karen Lang
TIME：9:30, Thursday
Karen Lang from C&P Accounting called. She wants to arrange a new meeting with you.
Instead of on Monday at 11, can you see her on Tuesday at 1:30? She'll be able to go over the contract with you then.
She'll try to contact you again this afternoon.
Taken By：Mike Nguyen

從以上文章中可以看出，此則留言是要給 Takashi Matsumoto，因為留言單上寫著「TO：Takashi Matsumoto」。而留話的人是 Karen Lang，因為有「FROM：Karen Lang」字樣。而留言的時間可從「TIME：9:30, Thursday」可以看出是週四早上 9 點半。

至於寫這則留言的人，可以從最後的「Taken By：Mike Nguyen」看出。此處的 take 用的是 beV + p.p. 的被動式。

在第一至二句話就寫道：「Karen Lang from C&P Accounting called. She wants to arrange a new meeting with you.」在傳口信的時候，from 是一個很好用的介系詞，因為用 from 可以很快地表達「某某公司的某人」。這封口信的第一句就切中要點，指明「C&P 會計事務所的 Karen Lang 打過電話來，她要與你安排一個新的會面時間。」

傳口信的 Mike Nguyen 接著寫道：「Instead of on Monday at 11, can you see her on Tuesday at 1:30? She'll be able to go over the contract with you then.」句中的「instead of」是多益測驗的常用片語，表示「不……而改為……」或「代替……」。

📝 舉例

We used smartphones instead of traditional cell phones.
我們不使用傳統手機而改用智慧型手機。

所以，來電者要把原本週一 11 點見面的時間，改為週二的 1 點半，而且要在那個時候與當事人一起審查合約（go over the contract with you then）。「then」這個字，不論在過去式或是未來式裡，都表示「at that time」。

📝 舉例

I was playing the piano with my sister then.
我當時在和妹妹一起彈鋼琴。
＝ I was playing the piano with my sister at that time.

最後要交待來電者的連絡資訊：「She'll try to contact you again this afternoon.」來電者說她下午還會再打電話來。

馬上練習 ┃ 多益模擬考

藉由前文「message」的資訊，試著回答以下問題：

Why did Ms. Lang call Mr. Matsumoto?
（A）To reschedule an appointment with him
（B）To ask if he will be able to meet a deadline
（C）To inquire where a meeting will take place
（D）To request that he send a new contract

解析

從這張傳口信的 message 中,在開頭即寫到「She wants to arrange a new meeting with you.」意即要重新安排碰面的時間,也就是答案(A)的「To reschedule an appointment with him」,所以(A)為正解。

附帶一提,(B)的 deadline、(C)的 inquire 與(D)的 request 都是多益測驗的高頻字。

part **2**
便利貼
職員篇

Step3
行政
庶務

Step4

Step5

No. 15
善用多益單字，把握 KISS 原則寫好 E-mail

寫商業書信不宜長篇大論，最好分重點回答，像是寫聯考考卷，分主題回答：主題 1、主題 2、主題 3……；只要把握下列的 KISS 原則（Keep It Short & Simple），寫出來的 e-mail 一定會讓收信者一目瞭然。

用詞上，與其用 participate in，不如用 attend；用 take the place of，不如用 replace 來得簡潔清楚。也就是多用多益單字，少用托福單字，簡單就好。

舉例來說，商業往來要確認的是 1. 金額、2. 品質、3. 交貨時間、4. 分項數量等非常實際的內容，這些內容，通通以分點說明即可！只要遵守下列 5 要點，你也能寫好商務信件。

要點 1　傳達的訊息要精確

My flight will arrive at 4 pm. ──（✕）
My flight（CI802）will arrive at 4 pm on Tuesday, October 7. ──（○）

要點 2　丟掉複雜句型，簡短清楚是王道

Please advise whether it is possible for your sales manager to come to our store on June 11 for a short discussion with our senior manager on this issue. —— (✕)

It would be helpful if your sales manager could have a short meeting with our senior manager. Is next Monday afternoon good for you? —— (○)

要點 3 別再用陳腔濫調或過時的文法

Should you require any further clarification, please do not hesitate to contact me. —— (✕)

Please give me a call if you have any questions. —— (○)

要點 4 使用最簡單易懂的字彙

The above - mentioned items will be dispatched to your delivery address next week. —— (✕)

These goods will be sent to your address in New Jersey next Tuesday. —— (○)

要點 5 適度使用第一人稱製造親切感

You can expect the problem to be solved in no time. —— (✕)

I'll be pleased to help you sort out this problem as soon as possible. —— (○)

part **2**
便利貼
職員篇

Step3

Step4
寫
E-mail

Step5

attachment   [ə'tætʃmənt]（n.）附件
reply   [rɪ'plaɪ]（v.）/（n.）回覆
text   [tekst]（n.）文字（簡訊、留言等）
letter   ['letər]（n.）信件（較正式的）
forward   [`fɔrwəd]（v.）轉寄
message   ['mesɪdʒ]（n.）訊息；留言
carbon copy   副本抄送（簡稱 CC）

No. 16 增加事實陳述，讓 E-mail 更有力

part 2
便利貼
職員篇

Step3

Step4
寫
E-mail

Step5

撰寫 e-mail 的技巧在於切入重點、強化事實，使一封短短的 e-mail 更有效率地達到目的，同時顯現你的專業能力。記住，要多使用「事實敘述」來強化你的電子郵件寫作風格。

用數字增加可信度

「強化事實的敘述」，顧名思義就是在英文句子裡提供事實，以增加說服力。例如：「He loves Hokkaido.」意思是他真愛北海道。但是，如果把這個句子改寫為：「He loves Hokkaido. In fact, he went there again last month.」即以實例來強調他有多愛北海道，愛到他上個月又去了一趟。

有些人的 e-mail 句子略顯空洞，如果能增加事實的敘述，不但能讓句子增色不少，還能強化該句的論點。

✎ 舉例

原句→ Clayton is the leading brand in the market right now.
克雷頓現在是市場上的領導品牌。

強化→ Clayton is the leading brand in the market right now. As a matter of fact, it has a 60% market share in this country.
克雷頓現在是市場上的領導品牌。事實上，它在這個國家有 60% 的市占率。

光說是「領導品牌」略嫌空洞；提出市占率的事實敘述，才能增加「領導品牌」的具體性。

✎ 舉例

原句→ Bill Meyer is an excellent salesperson in the company.
比爾・梅耶是公司裡的頂尖業務員。

強化→ According to the data from the quarterly sales report, Bill Meyer is an excellent salesperson in the company.
根據銷貨季報數據顯示，比爾・梅耶是公司裡很讚的銷售員。

光說是「很讚的銷售員」不夠具體；用銷售報告上的數字來佐證其論點。

✎ 舉例

原句→ I am afraid that Ms. Smith's remarks are wrong.
恐怕史賓斯女士的評論是錯的。

強化→ I am afraid that Ms. Smith's remarks are wrong. The truth is that over 30 customers requested a refund for this product last week.
恐怕史賓斯女士的評論是錯的。事實上，上星期有超過 30 名消費者要求此項產品的退款。

馬上練習 | 多益模擬考

職場上，加上「事實敘述」的 e-mail 能讓人印象深刻。我們在此以《多益測驗官方全真試題指南》的一組閱讀題為範例。這封電子郵件是這麼起頭的：

This e-mail is in response to your letter of October 14, which stated that my membership at your fitness center will expire on October 31. I wish to let you know that I have chosen not to renew it.

When I first became a member, the cost was $25 per month. Now the cost is $50 per month. Aside from this significant increase in cost, I have been dissatisfied with some of the services at the fitness center. There never seems to be enough equipment available for use at peak hours during the day. In addition, many of the new aerobics classes that I registered for were canceled due to low attendance.

如果你看懂了這封 e-mail，那以下這兩題應該難不倒你：

1. Why did this person send the e-mail?
   （A）To explain why she will not renew her membership
   （B）To recommend an increase in staff
   （C）To ask for information about the center
   （D）To report that a machine is not working

解析

第 1 題的正確答案是（A）。題目是問此人為何寄出 e-mail；從 e-mail 的起頭「I wish to let you know that I have chosen not to renew it.」即知，此會員是要說明不續約的原因。（B）是建議增加員工，（C）是詢問健身中心資訊，（D）是通報設備故障，皆不符。

2. What is NOT one of this person's concerns?
   （A）Fitness equipment is sometimes unavailable.
   （B）Some aerobics classes were cancelled.
   （C）The membership fees are too high.
   （D）The fitness trainers are inexperienced.

🗒 解析

第 2 題的正確答案是（D）。本題是典型多益測驗 Part 7 單篇／雙篇閱讀測驗的「選錯的」題型。題目是問下列哪一項不是此人的考量，（A）、（B）、（C）都是前述此會員不續約原因的「事實」，（D）「健身教練經驗不足」則未提及，所以為正解。

全文翻譯 ▶▶▶

這封電子郵件是回應你 10 月 14 日的信件，信上說我在你們健身中心的會員資格將在 10 月 31 日到期。我希望讓你們知道的是，我不再續約。

我剛加入會員時，每月會費是美金 25 元。但現在是每個月美金 50 元。除了會費的顯著增加之外，我對健身中心的一些服務也不滿意。健身器材在白天尖峰時段，似乎總是不夠。此外，我報名的許多有氧舞蹈新課程，都因出席率低而取消。

part **2**
便利貼
職員篇

Step3

Step4
**寫
E-mail**

Step5

本篇整理出台灣人在職場的英文 e-mail 中，最常犯的 4 大錯誤。

錯誤 1　主旨不清不楚

寫一封商業英文書信一點也不難，但要記住，忙碌的商務人士每天收
到的 e-mail 至少約 20 封，主管甚至會收到上百封，因此想吸引收信人
的目光或是贏得對方秘書的注意、獲得快速回信，秘訣在你的 e-mail
主旨。

一個好的主旨，要有 3 個大原則：條理分明、目標明確、符合內容。以
下舉幾個 e-mail 常見的問題，一起來比較錯誤及正確的用法。

　　舉例

　　Subject : Request（主旨：請求）

　　vs.

　　Subject : Quotation Request for Gift Bags（主旨：贈品袋的詢價請求）

第一個主旨雖然易讀也與內容相關，卻一點也不明確。第二個主旨把
Request（請求）更明確化為 Quotation Request（詢價請求），再補充
for Gift Bags（關於贈品袋），雖然還沒看完信件全文，但這主旨已夠
明確易懂，讓收件人只要一眼瞥過，就可以馬上對應到相關資訊和流
程，並且快速回覆這封信件的要求。

Subject : Sales Promotion（主旨：促銷活動）

vs.

Subject : Sales Promotion for 2016 A/W Collection（主旨：2016
年秋冬新品上市的促銷活動）

第一個主旨雖然比 Sales 來得明確，但看不出到底是哪種促銷活動。第
二個主旨多了 for 2016 A/ W Collection，可以幫助收件人更明確點出信
件內文是與新品上市有關，這樣的主旨能快速帶到重點。

錯誤 2 一開頭就稱對方「親愛的」

也有人會問，Dear 中文是「親愛的」的意思，我明明和對方不太熟，
這樣稱呼會不會太親暱了？在英文 e-mail 規則中，Dear 是一種表示禮
貌、尊敬對方的意思，Dear Sir/Madam 是使用在寫信給不知其名的
人，亦即中文常用的「敬啟者」。

當然你有其他更輕鬆的信件抬頭選擇，而大部分的人也都可以接受在
信件抬頭上直接稱呼名字，例如：
舉例

Hi Alisa,

Good morning Alisa,

至於要用 Dear 或 Hi，就看你和收件人的關係，以及你們溝通的頻率。

從信末署名則可以看出你與對方想建立什麼樣的關係，較親近一點
的，你就可以署名 Alisa；若想與對方保持距離，就可以連名帶姓的署
名 Alisa Tu。

錯誤 3 措辭用語正式＝專業？

很多人認為，要寫好一封 e-mail 就要使用正式的措辭和口氣，而且還要公事公辦、就事論事，才能展現自己的專業。但這絕對是個錯誤的大迷思。

英文 e-mail 的寫作重點是，讓內文如同平常對話的口氣，不打官腔也不咬文嚼字，所以在一般談話中不會用到的措辭，在 e-mail 中也不會出現。

台灣的英語教育總是要求我們在寫作時，要使用看似專業有學問的用字遣詞、片語，和高階的文法技巧，才能得到高分成績。實際上，一封正確適當的 e-mail 內容，是要讓人一目瞭然，又可以明確收到所要傳達的意思。

✐ 舉例

信件一：

Subject : Problem solved!!

Jessie —— we spoke earlier, and glad to note the problem is
solved. If you need further information or assistance please reply.
Thanks & Regards.

全文翻譯 ▶▶▶

主旨：問題解決了！！

潔西──我們剛才通過電話，很高興知道妳的問題已經解決了。如果妳還需要更多資訊或是協助，請再跟我說。謝謝，並致上我的問候。

vs.

信件二：

Subject : PBG Project Problem Solved

Hi Jessie,Thank you for your call in the morning.

I'm very glad that we were able to find a solution to the PBG Project. Good luck with your future progress on this. I'll still be in the office until 3 p.m. when you decide how I can help you again.

Sara

全文翻譯 ▶▶▶

主旨：PBG 專案問題解決了！！

嗨，潔西，

謝謝妳今天早上打電話來。我很高興我們能夠找出 PBG 專案的解決辦法。祝妳的專案進展順利。只要妳覺得我們還有機會可以幫上忙，下午三點之前我都還會在辦公室。

莎拉

信件一，we spoke earlier 並沒有明確提到時間，是會讓人摸不著頭緒，不知道我們曾在哪個時間點講過電話。信件二就不一樣了，we talked in the morning 就明確地指出，我們早上才剛通過電話，收信者一看就能聯想到早上的對話內容。

另外，信件一最後一句：「If you need further information or assistance please reply.」句末的 please reply（請回覆），這句話簡短又明確，建議在商業信件往來時可以常用。

錯誤 4　信末問候語只會用 Best Regards

e-mail 的結尾只有 Best Regards 才最得體嗎？ Best Regards 翻成中文為「致上我最高的問候」，或許你會有疑問，這句咬文嚼字的問候語，為何常在商業書信出現？因為商業人士的時間永遠不夠，只想用最快

的時間處理一封 e-mail，而這句話因為太常出現，所以容易被大家接受，也不用絞盡腦汁去想出一句漂亮的信末問候語。

其實當大家都這麼做的時候，並不代表這就是最好的用法。接下來介紹幾個常用的信末問候語，都是一些好記又簡單的單字，不妨挑選幾個熟記，下一次寫信時使用，收件者一定會感受到你的用心。

下列表格是信末結尾語的參考表，但要留意使用時必須考量與 e-mail 收件人的關係和收件人的互動情況。

e-mail 的對象或情況	你可以用的結尾語	中文解釋
有交情的朋友、一起共事的同事	Cheers,	祝你開心
請對方幫忙或協助	Many thanks.	多謝了
呼應信件內容	Have a nice day. Enjoy the holiday. To your success. Keep up the good work.	祝你有美好的一天 假期愉快 祝你成功 繼續加油
充滿關心與祝福的感性結尾	Best wishes, All the best, Good luck ! Take care & see you soon.	祝你一切順心 祝你萬事如意 祝你一切順利 請保重與期待下次見面

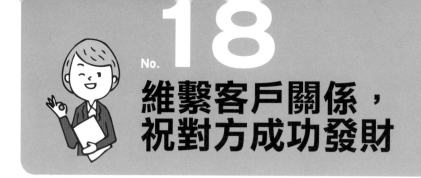

撰寫商業書信，如果想要祝福對方成功，要用 May you ～這個句型。除了祝人成功，其實，農曆春節我們互相祝賀「新年快樂，恭禧發財」，都可以派上用場！不但可以拉近彼此的距離，對業務的推動也大有幫助。

祝福 May You

「May you be prosperous!」是過年時，大家最愛說的：「恭禧發財！」may 是助動詞，在表示「許可」或是「請求許可」的時候，有「可以」之意，例如「You may go now.」（你現在可以走了。）與「May I ask you a question?」（我可以問你一個問題嗎？）但是把 may 放在句首的直敘句句型通常表示「祝、願」之意。

✐ 舉例

May you all be prosperous this year!
恭喜大家今年都發大財！

May you succeed!
祝你成功！

prosperous 是形容詞的「繁榮的、富足的、興旺的、成功的」，既然是繁榮富足，那當然會生意興隆了。prosperous 是形容詞，讀作

[ˋprɑspərəs]，這個字是職場上描述事業成功的字眼，也是多益測驗的核心字彙。其動詞為 prosper，是「使繁榮、使興盛」；名詞則是 prosperity。

關於 prosperity，有句諺語是這麼說的：「In prosperity our friends know us ; in adversity we know our friends.」；此句意思是「在我們飛黃騰達時，朋友結識了我們；在我們逆境困頓時，我們了解了朋友。」

✎ 舉例

It has been a prosperous town since he became the mayor ten years ago.
他 10 年前成為鎮長時，這裡已是非常繁榮的城鎮。

The president said that the future prosperity depends on economic growth.
總統表示，未來的繁榮要靠經濟成長。

除了「恭喜發財」之外，還可以向外國客戶多介紹幾句華人在農曆年節時的傳統習俗：

✎ 舉例

We would like to eat fish at family reunion dinner on Chinese New Year's Eve, symbolizing "surplus".
我們在除夕夜的團圓飯晚餐要吃「魚」，象徵「有餘」。

The Chinese New Year traditionally ends on the Lantern Festival, which is on the 15th day of the first month of the lunar calendar.
傳統上農曆春節是到元宵節才結束，元宵節是農曆 1 月的第 15 天。

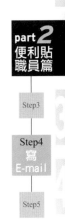

part **2**
便利貼
職員篇

Step3

Step4
寫
E-mail

Step5

We look forward to _____ a long and prosperous relationship with your company.

（A）establish
（B）establishes
（C）established
（D）establishing

📖 解析

本題的正確答案是（D）。「look forward to……」（盼望、期待）是英文商業書信中，能見度最高的片語，尤其在 e-mail 的最後一段，表達諸如「期望您的回覆」或「期望與貴公司達成合作」等等。重要的是「look forward to……」後接的動詞要用加上 ing 的動名詞！所以本題的正確答案是（D）而非原型動詞的 establish。

本題意思是：「我們期盼與貴公司建立長久且活絡的關係。」

多益單字大補帖

reunion dinner 團圓飯
reunion [ri`junjən]（n.）再會合；（親友的）團聚、重聚
surplus [`sɝpləs]（n.）/（a.）過剩；剩餘物；剩餘額

祝福別人新希望，別用 Wish 這個字

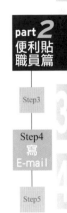

part **2**
便利貼
職員篇

Step3

Step4
寫
E-mail

Step5

用英文問候別人的「新年新希望」，可不能用 hope、wish，更不是 dream（夢想）、plan（計畫）、vision（願景）、expectation（期望）等，而是要用「resolution」！

Resolution 不只是「解決問題」

說起 resolution 這個字，要從 resolve 與 solve 介紹起。先從字母最少的 solve 開始。在英文裡，solve 這個字的字源來自「solv」，它有「鬆開、使放鬆、解除」的意思。所以英文字彙的 solve 就是「解決（問題）」、「解答」之意。

　舉例

The city government is working hard to solve the problem of waste disposal.
市政府正在努力解決廢棄物處理的問題。

加了字首 re 的 resolve 也可以當「解決、解答」，但是 re 的字首還有 again（再）之意，當一個人「一而再、再而三（again）」要解決（solve）問題的時候，表示此人「決心」要做。所以 resolve 又有「決心、決意、決定」的意思。

　舉例

After the failure to run a coffee shop, she resolved never to invest again.
在經營咖啡店失敗之後，她決心不再投資。

而 resolve 的名詞就是 resolution。因此，新年新希望的 New Year's resolution，也可以解讀為「新年的誓言」。所以，中文裡的新年新希望、新願望、新想法、新改革、新決定、新誓言，通通可用 New Year's resolution 一言以蔽之。

✎ 舉例

What is your New Year's resolution?
你的新年新希望是什麼？

My New Year's resolution is to lose 5 kilograms of body weight in 2016.
我的 2016 新年新希望是減重 5 公斤。

My New Year's resolution is to "be active" in getting a new job.
我的新年新希望是要積極的找份新工作。

My New Year's resolution in 2016 is to cycle around the island with my boyfriend.
2016 年我的新年新希望是和男朋友一起騎自行車環島。

My New Year's resolution is to learn English well and to achieve the goal of getting a score of over 900 in TOEIC test.
我的新年新希望是把英文學好，目標要達到多益測驗成績 900 分以上。

除了「決心、決意、決定」之外，resolute 在職場上，還可以當「決議、正式決定」，不妨學起來。

✎ 舉例

The committee has passed a resolution to construct a parking lot.
委員會已通過決議要建一個新停車場。

如果你已經從新年新希望的 New Year's resolution 之中，學會了 solve、resolve、resolution，那以下這兩題《多益測驗官方全真試題指南》與《Tactics for TOEIC》的題目就有如「一塊蛋糕」（a piece of cake）了！

part **2**
便利貼
職員篇

Step3

Step4
寫
E-mail

Step5

1. Many problems with locks _____ by a simple repair or adjustment.
  （A）solved
  （B）could solve
  （C）can solve
  （D）can be solved

解析

本題的正確答案是（D）。題意是：「許多關於鎖的問題，只需簡單的修理與調整就能解決。」解答本題的關鍵除了要知道 solve 之外，還要知道「問題」是「被解決」，要用「被動式」，而被動式的公式是「**be 動詞 + 過去分詞**」，只有答案（D）符合。其餘 3 個答案皆為主動式，所以不符。

2. The figures _____ in this estimate are approximate costs and are subject to adjustment at the date of final settlement.
  （A）disposed
  （B）provided
  （C）solved
  （D）handed

解析

本題的正確答案是（B）。空格前的 figures 是指「數字」，配上答案（B）的 provided 是指「估價單中提供的數字」。全文題意是：「估價單中所提供的數字是約略的成本，並且在最後結帳日得以調整。」選項（A）是處分、處置，（D）是交出，在此皆不符。（C）的 solve 即為我們上述的「解決、解答」，它通常用在「問題」上，但是本題是 figures（數字），因此不符。

wish 的用法不只是「希望」

大家最熟悉的 wish 用法，莫過於「We wish you a merry Christmas!」表示「祝福」的時候，wish 的後面要接兩個名詞或代名詞作其受詞，例如祝福聖誕節快樂，後接的名詞或代名詞分別是（1）you 與（2）a merry Christmas! 下列的用法都是誤用：

We wish you have a merry Christmas! ——（✗，多了 have）
We wish you will have a merry Christmas! ——（✗，多了 will have）
We wish you may have a merry Christmas! ——（✗，多了 may have）
We wish you to a merry Christmas! ——（✗，多了 to）
We wish you to have a merry Christmas! ——（✗，多了 to have）
We hope you a merry Christmas! ——（✗，把 wish 誤用成 hope；wish 在此是祝福，但 hope 是希望）

有趣的是，如果有人把 have 與 had 的時態搞混，寫出來的句子，wish 就成了假設語氣「但願」，假設語氣是與事實相反的，意思變成 We wish you had a merry Christmas.「我但願你有一個愉快的聖誕節（但事實上你沒有！）」收到這句祝福的外國客戶大概會哭笑不得。

part **2**
便利貼
職員篇

Step3

Step4
寫
E-mail

Step5

📝 舉例

I wish you a pleasant trip.
祝你旅途愉快。

I wish you a good time.
祝你玩得盡興。

I wish you a happy New Year.
祝你新年快樂。

馬上練習 ｜ 多益模擬考

Ms. Gupta wishes to _____ the terms of her employment contract before signing it.
（A）deprive
（B）respond
（C）modify
（D）assure

🗒 解析

本題的正確答案是（C），題意為「古塔女士希望在簽署雇用合約之前，能夠修改條款。」以答案（C）的 modify（修改）最適當。（A）是剝奪，（B）為回應，（D）是確保，皆不符。

在這個句子中的 wish 是單純的「希望」，而非上述的「祝福」。

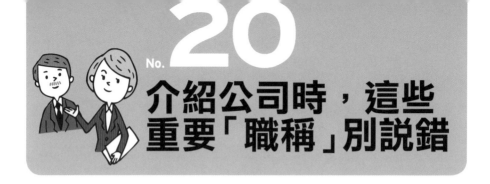

介紹公司時，這些重要「職稱」別說錯

上班族一定要清楚公司組織與各部門主管同事職稱，一般來說，最需要注重職稱的場合有 3 種，分別是開會時、寫 e-mail 時與介紹長官時，尤其是向客戶介紹，一定要用對職稱！

重要場合一定要用對職稱

首先，開會時介紹長官時當然要加上 title（頭銜），可不能在外人面前與長官稱兄道弟直接說：「This is Ben.」還是得要按照規矩來，例如「This is my manager, Ben.」務必加上正確的職稱，表示尊重。

先熟悉公司組織架構

想正確使用職稱，得先了解組織內部的各種英文名稱，分清楚大致的部門別、階級別及流程別。部門別指各部門的名稱，例如物流部門的英文是 Logistics Department，會計部門為 Accounting Department。除了部門名稱，階級別更要好好背起來，協理、經理、總經理、董事長……等英文名稱與中文不太相同，千萬不要弄錯。

互相介紹時的開場白

開場是會議破冰的好時機，可先從簡短的自我介紹開始。

part **2**
便利貼
職員篇

Step3

Step4

Step5
客戶
互動

✐ 舉例

Kathy, meet my supervisor Jason Taylor.

凱西，這是我的主管傑森‧泰勒。

Pleased to meet you. I am Jason Taylor from XYZ（company）.

很高興認識你，我是 XYZ 公司的傑森‧泰勒。

Let me introduce you to our sales manager, Tony Cooper.

為您介紹我們的業務經理湯尼‧庫柏。

I'd like you to meet our chief accountant, Mara Miller.

為您介紹我們的會計長瑪拉‧米勒。

多益單字大補帖

title	['taɪtl]（n.）職稱
president	（n.）總經理
manager	['mænɪdʒər]（n.）經理
vice president	（n.）副總
assistant manager	（n.）協理
chief executive officer (CEO)	（n.）執行長
executive	[ɪg'zɛkjətɪv]（n.）高階主管
supervisor	['suːpərvaɪzər]（n.）（直屬）長官
deputy	['depjuti]（n.）職務代理人
in charge of ～	（= be responsible for）（phr.）負責

老闆說要以 High Profile 接待客人，是什麼意思？

公司即將有個重量級的國外客戶來訪，老闆要你負責此次接待的任務，有哪些相關接待單字要注意？

其實國際間常有貴賓訪問接待活動，都可以參考並套入職場中運用。例如，2015 年秋天，中國國家主席習近平接連訪問美國與英國，引起國際媒體關注並大篇幅報導。以下是當時 3 家不同媒體的報導內容：

英國的《每日郵報》（Daily Mail）這麼報導：

Chinese President Xi Jinping has arrived in the UK as Britain rolled out the red carpet for the high-profile state visit.

中國領導人習近平抵達英國，英國鋪以紅地毯隆重接待這高規格的國是訪問。

紐西蘭媒體寫道：

Chinese President Xi Jinping is in Britain on a high-profile state visit.

中國領導人習近平在英國進行高規格的國是訪問。

中央電視台（CCTV）的國際頻道用的標題是：

President Xi to arrive in UK for high-profile state visit

習領導人以高規格國是訪問抵達英國。

從上述 3 個句子，可以清楚發現當時對於元首級的訪問，都使用了「高

規格」「high-profile」（形容詞）。

profile 一字原是指人的「側面輪廓」或是「側影」。既是側影，有側面描繪之意，所以 profile 又可以用在「概述、簡介」，也可進一步延伸有「形象、印象」的意涵。在現今的新聞英語中，片語「high profile」是指「引人注目」，也就是我們本文討論的「高規格」，至於「keep a high-profile」則有「保持高調」之意。同理可推，「保持低調」就是「keep a low-profile」。

✎ 舉例

The politician has a high-profile in Tokyo.
這位政治人物在日本非常引人注目。

This motor company now enjoys a high-profile with its new sports car.
這家汽車公司目前以其新型跑車而備受矚目。

He was informed to keep a low-profile in court.
他被告知在法庭裡要保持低調。

我們已知 profile 有名詞「概述、簡介」的用法，那應該不難理解它也可以當動詞的「概要介紹、概述、作簡介」。

✎ 舉例

This chief engineer's career will be profiled in this month's magazine.
這期雜誌介紹了這位總工程師的工作職涯。

如果你因為習近平訪問英國的「高規格待遇」而學會了 profile 這個字，那以下這題《多益測驗官方全真試題指南》的閱讀題，根本難不倒你：

Mai Wu can often be seen sipping coffee early in the morning at a small café near her office in downtown Chicago. "I like to use the time to focus my thoughts before I start my day," says Wu. Recently appointed vice president of Wilkerson Beverage Company, this notable resident transferred from the firm's office in Amsterdam to its main headquarters in Chicago. While in Amsterdam, Wu was marketing director of Wilkerson's European division. Before that, Wu worked in Taipei. She graduated from a university in Sydney with a degree in business.

What is the purpose of the article?
(A) To profile a local businessperson
(B) To report on an increase in tourism
(C) To describe a local business event
(D) To discuss the opening of a new café

🗒 解析

本題的正確答案是（A）。題目是問：此文章的主旨為何？文中都在介紹這位吳梅（Mai Wu）女士，所以顯而易見答案是選項（A）的「介紹當地一位商業人士」。選項（B）是報導觀光業，選項（C）是描述當地商業活動，選項（D）是討論新店開幕，皆明顯不符。

選項（A）中的 profile 即為本文討論習近平訪英被高規格接待的 high-profile，不過 profile 在此是指「概述、簡介」，當動詞使用。

全文翻譯 ▶▶▶

經常可見吳梅一大早在芝加哥市中心辦公室附近的咖啡店裡，啜飲著咖啡。她說：「我喜歡在一天開始工作之前，利用時間集中思緒。」

這位優秀的市民最近晉升為威克森飲料公司的副總裁，從該公司的阿姆斯特丹分公司調回芝加哥總部。吳女士在阿姆斯特丹擔任該公司歐洲區行銷經裡，曾在台北工作的她，畢業於雪梨一所大學，擁有商業學位。

part **2**
便利貼
職員篇

Step3

Step4

Step5
客戶
互動

多益時事通

2015 年 10 月下旬，中國國家主席習近平抵達英國，進行「國是訪問」，受到最「高規格」的款待。

究其原因，是因為中國帶來數百億英鎊的投資計畫（investment），其中尤以核電廠（nuclear power plant）與高速鐵路（high-speed rail project）最引人矚目。務實的英國不強調中國的人權問題與網路駭客問題，而把「中、英貿易擺在第一」，國際間稱其為「put commerce with China first」。中、英雙方都說：

The visit is designed to strengthen economic ties between Britain and China – including Chinese investment in the UK and commercial ties between the two countries.
這次訪問的目的在強化中、英的經濟雙邊關係，包括中國在英國的投資與兩國的貿易合作。

上句中的 investment（投資）與 commercial（商業的）都是多益測驗的重要字彙！再試試以下《多益測驗官方全真試題指南》的閱讀題。

Following Ms. Aglo's appointment to the board of directors, the firm's investment strategy was ＿＿＿＿ reevaluated.
（A）thoroughly （B）thorough
（C）thoroughness （D）more thorough

解析

本題的正確答案是（A）。「thorough」是形容詞的「徹底的、周密的」。因為要修飾動詞 reevaluate，所以要用副詞。選項（B）為形容詞，選項（C）為名詞，選項（D）為形容詞比較級，皆不符。本題的 investment，在用字和情境上與習近平訪英帶去的投資計畫，有幾分相似。本題是說：「在愛格羅女士與董事會見面之後，公司的投資策略已全面重新評估。」

多益單字大補帖

contrast	[`kɑn͵træst]	（n.）對比，對照
understated	[͵ʌndɚ`stetɪd]	（a.）輕描淡寫的；低調的
profile	[`profaɪl]	（n.）側影；概述；形象
investment	[ɪn`vɛstmənt]	（n.）投資
commercial	[kə`mɝʃəl]	（adj.）商業的；（n.）廣告

No. 22 接待外國客戶時，該怎麼介紹台灣？

part 2
便利貼
職員篇

Step3

Step4

Step5
客戶
互動

當老闆或主管委以重任，要你負責接待公司的外國訪客時，你要如何盡職地介紹台灣呢？本篇馬上教你實用的英文例句，讓你不但能用英文提升與客戶的關係，還能替台灣觀光盡一份心力。

我們就以台北為例，假設台北被票選為最佳觀光城市第一名，你可以這樣介紹：

台北獲選的第一個原因是：

Taipei came out on top in 2015 thanks to the city's generosity, hospitality and kindness which have contributed to the global top spot.
台北在 2015 年躋身觀光城市第一名，是由於這個城市的慷慨大方、熱情好客以及親切，這些特質促使它登上全球排行頂尖城市。

這句話中的 thanks to 是國際職場裡的重要介系詞片語，它可不是「謝謝」，而是「由於……」。其他幾個字也都是不可多得的好字：generosity、hospitality、contribute to。我們說一個人很慷慨大方，常用 generous，而它的名詞即為 generosity。句中的 hospitality 可不是「醫院（hospital）」，而是「殷勤好客」之意。而動詞的「contribute to」也是常見的「提供、捐助、造成」，它的名詞 contribution 更是常見的「貢獻」。

He was praised for his contribution to the marketing department.
他因為對行銷部的貢獻而受到稱讚。

台北吸引人的第二個原因是：

Taipei has gained its popularity from comments and reviews on the website.
台北在網路評論與回覆廣受歡迎。

「受歡迎的」是 popular，句中的 popularity 是它的名詞。而 comment、review 都有「評論」之意，我們平時很常聽到的「不予置評」即為「No comment!」

台北迎頭趕上的第三個原因是：

Taipei, the capital city of Taiwan, is known for its street food, entertainment and shopping malls which draw a large number of tourists from overseas each year.
台北，是台灣的首都，以各式小吃、娛樂，以及購物中心而聞名，因此每年吸引大批海外旅客來台。

本句中的「be known for ～」是「以～聞名」的必學說法，而 entertainment、shopping mall、overseas 都是多益測驗與國際職場的常用字。

接著，台北成為世界知名城市的第四個原因是：

Several foreign films featuring locations in Taipei have also contributed to the rising fame.
幾部以台北地區為特色的外國電影，更促成了它的名聲逐漸上揚。

句中的「feature」當名詞是「特色、特徵」，而它的動詞用法則常見於多益測驗，有「以～為特色」、「以～為主題」、「以～為主角」之意。

✎ 舉例

We visited some factories featured in the company introduction.
我們探訪了公司簡介中專題介紹的一些工廠。

儘管全世界都不景氣，各國遊客仍到台北旅遊的第五個原因是：
Taipei remains an affordable destination to tourists despite the rise of urban development and stronger currency.
雖然台北都會區的發展與台幣升值，但是台北仍是外國觀光客可以負擔得起的觀光景點。

句中的「afford」有「支付、提供」之意，此處的 affordable 為「負擔得起的」。此外，destination 是「目的地」，在機場的航班資訊看板（flight information board）上，你一定會學到這個字。句中 despite 是介系詞的「雖然」，等於「in spite of」，是多益的高頻字。

馬上練習 | 多益模擬考

如果你記熟了上述台北城市的介紹，那以下這題多益練習題肯定難不倒你：

The _____ of the Municipal Park Reservation Project was announced yesterday by the local hospitality association.
（A）completed　　（B）completes　　（C）completion
（D）complete

🗐 解析

本題的空格在定冠詞 the 之後，與代表所有格的介系詞 of 之前，所以可以輕鬆判斷出應該選一個名詞；正確答案是（C）。本題意思是：「當地的飯店餐飲協會昨天宣布已經完成市立公園整修計畫。」

眼尖的你是否注意到「hospitality association」？其中的 hospitality 就是前文提到的「殷勤好客」，而飯店餐飲業是最需要讓客人有賓至如歸感覺的地方，所以「hospitality association」就是「飯店餐飲協會」。

你如果常看時事旅遊新聞，這一題的 hospitality 就難不倒你了。

part

3

獨當一面篇

想要請假，
必學 Leave 這個字

上班族難免會有「請假」的需求，不管是要請病假或事假，或者想要休個年假，但是你知道要怎麼用英文「請假」嗎？

平常「請假」都用 leave

leave 在英文裡的動詞字義是「離開」，它的名詞則衍生為「離開崗位、不在工作職位上」的「休假」。leave of absence 是「休假、請假」比較正式的說法。

比方說，年假是 annual leave；病假是 sick leave；事假是 personal leave；產假是 maternity leave，而男士請的「陪產假」則是 paternity leave。在職場上，要請求休假的這個動作，最常用的動詞是 request。順道一提，女性上班族的「生理假」，最簡單的說法是 period leave。

✎ 舉例

I request an annual leave for three days from Nov. 20th to Nov. 22th, 2015. During my absence, please contact my substitute, Miss. Pauline Smith, for assistance. Thanks.

本人自 2015 年 11 月 20 日至 22 日休 3 天年假。休假期間，有事請找我的代理人寶琳‧史密斯小姐。謝謝！

上班族噩夢的「無薪假」怎麼說？

所謂的 unpaid 就是「沒有薪水的」，unpaid leave 就是沒有薪水的休假。pay 在英文裡最常用的是動詞的「付款、付錢」，也有「付工作酬勞」之意，所以一份薪水很低的工作可以說 a poorly paid job，paid 在此是過去分詞當形容詞用。

pay 也衍生為名詞的「薪水」，比方說「時薪」是 hourly pay、「月薪」是 monthly pay，而「發薪日」則是 pay day。

要請「產假」、「陪產假」，男女有別

maternity leave 是女性的「產假」，至於男性員工陪妻子生產的「陪產假」，與「陪」或「生產」無關，而是要用 paternity leave。

maternity 是指「母親身分」或「母性」，讀作 [mə`tɝnətɪ]，此字源於偉大的母親 mother。而 maternity 也可以拿來當形容詞使用，放在名詞的前面，指「懷孕的」，例如：孕婦裝是 a maternity dress，而婦產科醫院是 a maternity hospital。

至於「陪產假」的 paternity 是指「父親的身分」或「父權」，讀作 [pə`tɝnətɪ]，此字也源於勞苦功高的父親 father。

值得一提的是，paternity 的字根是「pater」，是 father（父）之意；pater 發的 [p] 音與 father 的 f 發的 [f] 音都是唇音，唇音是彼此互通轉換的，所以 paternity 與 father 系出同源。如此一來，你應該不難記住 paternal love 是「父愛」，而 paternal grandfather 是父系的祖父。

part **3**
獨當
一面篇

Step6
日程
安排

Step7

Step8

也許是父權社會的原因，贊助者出錢出力而被視之如父親一般。因此「贊助人」這個字是 patron，有「父（patr）」的字根。patron 是「贊助人」，也是「常客」之意，既是常客，所以 patron 加上了名詞字尾 age 之後的 patronage 就是「光顧、光臨、贊助」的意思。

patronage 讀作 [`pætrənɪdʒ]，是多益測驗的核心字彙。我們經常聽到的「謝謝光臨」，英文的說法就是：「Thanks for your patronage.」

✎ 舉例
要「請假」，最常用的動詞是 request。所以如果你太太昨晚生了一對雙胞胎，而你需要向外籍主管請 5 天的「陪產假」，英文可以這麼說：

My wife delivered twins last night, so I would like to request five days' paternity leave.

而當你在「陪產假」期間，不妨在郵件上設定回信字條：

I'm on paternity leave from Nov. 27 to Dec. 01. While I am out, please contact my substitute, Mr. Smith, for urgent cases.
從 11 月 27 日到 12 月 1 日，我請陪產假。在我休假期間，急事請聯絡我的代理人史密斯先生。

既然學會了「陪產假」，那以下這些報導肯定難不倒你了：

The Executive Yuan announced that a proposal to increase paid paternity leave from three days to five days has passed.
行政院宣布通過支薪的陪產假，由 3 天增加為 5 天的提案。

The management is discussing the idea of increasing the number of paternity leave days in the benefit package.

管理階層正在討論員工福利方案中，增加陪產假天數的構想。

馬上練習 | 多益模擬考

如果你知道如何用英文來請病假、事假、產假、或是陪產假，那以下這兩題《Tactics for TOEIC》與《多益測驗官方全真試題指南》裡的範例測驗就可手到擒來：

1. It is not the company's policy to grant sick leave _____ overtime pay to part-time employees.

  （A）yet （B）if （C）but （D）or

解析

本題的正確答案是（D），用 or 來帶出另一種可能性的選項。題意為「本公司的規定裡，沒有提供兼職員工病假或給付加班費。」

（A）與（C）都是「但是」，在「但是」前後的字義或句義是有反差的，但本題是公司規定的項目，因此不會用 but 相連。（B）的 if 是連接詞，要連接句子。

本題中的 grant 是多益測驗的核心字彙，當動詞有「批准、許可」之意，亦可當名詞的「補助金」。company policy 要視為「公司的規定」。但必學的是句中的「病假」是 sick leave，有些時候你也會看到 sickness leave 的說法。

2. Because of the severe weather, Mr. Kim asked if _____ could leave the office a little earlier than usual.

（A）he （B）him （C）himself （D）his

□ 解析

本題的正確答案是（A）。金先生詢問他是否可以提早離開，要用一個代名詞 he。if 等於 whether，即「是否」。選項（B）是代名詞的受格，要放在及物動詞或介系詞之後。（C）是「他自己」，用在主詞與受詞是同一人的句子或用於強調。（D）是所有格「他的」，後面要接名詞。題意為「因為天候惡劣，金先生詢問他是否可以比平常提早離開辦公室。」句中的 leave 不是前述的休假或放假，而是動詞的「離開」。

多益單字大補帖

sick leave	病假
personal leave	事假
annual leave	年假
maternity leave	產假
paternity leave	陪產假
period leave	生理假
unpaid leave	無薪假

報修、維修電腦最實用10句話

BBC官網的《Learning English》曾以〈Using technology at work〉為題，列出10句如何與技術人員（Information Technology，簡稱IT）打交道的英文用語。這些句子都很實用，如果剛好人在國外開會，但是電腦出了狀況，你就知道如何向技術人員尋求協助。快來看這10句話！

向IT人員描述你的問題

1. I can't connect to the internet.

我連不上網路。

connect是「連接、連結」，要用網路連接上線，多半用這個動詞，它的名詞是connection。

✎ 舉例

I have a problem with my internet connection.

我目前連線上網有問題。

此外，手機的「收訊」也可以運用connection這個字。如果國外客戶打電話找你，而你剛好在地下室或電梯等收訊不好的地點，聽不清楚對方說話，你可以說：

✎ 舉例

Sorry, the connection here is not very good.

抱歉，這裡的收訊不是很好。

2. I can't print anything.

我列印不出東西。

print 是我們最常用的「用印表機列印」，「印表機」就是 printer。

📎 舉例

It looks like we're out of paper for the laser printer, and we have some materials to print for the meeting.

雷射印表機的紙好像用完了，但是我們的會議還需要印資料。

print 也有「印記、印痕」之意，而「足跡」的單字是 footprint，近年來因為溫室效應，人類排放二氧化碳造成「碳足跡」這個字很熱門，稱為 carbon footprint。

3. I saved some files to my hard drive and they've disappeared.

我在硬碟裡存了一些檔案，但是它們不見了。

save 是國際職場與多益測驗的常用字，有「儲存」、「節省」與「拯救」等 3 個重要字義。

📎 舉例

This equipment will save us a lot of labor cost.

這個設備可以節省我們許多人工成本。

drive 雖然常用於「開車」，但在電腦用語中，是指磁碟驅動器，所以 hard drive 即為我們常用的「硬碟機」或「硬碟」。

IT 人員常詢問的問題

4. Has this happened before?

這個（問題）以前發生過嗎？

句中的「have/has + 過去分詞」是典型的「現在完成式」，表示到

現在為止完成的動作。你也可以用「過去式」說「Did this happen before?」用的是過去式助動詞 did。

5. What operating system are you running?

你用的是什麼作業系統？

operate 有「運作」、「營運」，甚至是「開刀」的多重字義。字尾是 or 的 operator 是「接線生、電話總機人員」，至於本句的 operating system 是指電腦的「作業系統」，例如微軟（Microsoft）的 Windows、蘋果公司的 Mac OS、Linux、或是行動作業系統 Android 等等。句尾的 run 可不是「跑」，而是「運行、運轉」之意。

6. What version of the software are you using?

你的軟體用的是什麼版本？

version 指「版本」，讀作 [`vɝʒən]，而不是 [`vɝˋdʒɪn]。software 是我們常用的「軟體」，而硬體則是 hardware。

✎ 舉例

You can buy a Chinese version of this English play now.

現在你可以買到這部英國戲劇的中文版。

解決 IT 問題所給的建議

7. You need to install an update.

你需要安裝「更新版」。

表達「安裝、設置」某物最常用的動詞是 install，舉凡安裝電腦、冷氣機、軟體程式等等，都用這個字。它的名詞是 installation，值得一提的是，小心不要與「分期付款」的 installment 混淆了！

此外，句中的 update 可以當名詞，亦可當動詞，有「更新、提供最新

訊息」之意，亦指名詞的「更新」、「最新情況」。

8. Try re-installing the program.

你可以試著重新安裝這個程式。

英語字首 re 有 again（再）的意思，所以 reinstall 當然是指「重新安裝」了。

9. Your system needs a rebuild.

你的系統需要重建。

同第 8 句的 re-install，本句的 rebuild 也是 re+ build，build 是「建立、建造、發展」，因此 rebuild 當然是「重建」了。有些電腦硬體有「重建」的功能，可以進行復原。

10. I'm afraid this can't be fixed.

這個我恐怕沒辦法修了。

身處職場的人，大概最怕聽到 IT 人員說這句話了！「I'm afraid……」不要翻譯成「我害怕……」，而是「我恐怕……」。fix 是「修理、解決」，但是也有「固定、繫」之意，例如「固定成本」是 fixed cost。

註：BBC 原文網址：
http://www.bbc.co.uk/worldservice/learningenglish/general/sixminute/2013/11/131121_6min_technology_problems.shtml

公司網站當機，無法提供「最新資訊」怎麼說？

part 3
獨當一面篇

Step6
日程安排

Step7

Step8

網路時代，企業官網成了對外公布公司產品、服務等相關訊息的重要平台，因此都設有網站維護人員，隨時更新資訊。但萬一遇到意外，或不可預期的狀況，使得網站無法更新，或突然有流量過大，造成網路當機，遇到這種突發狀況，英文應該怎麼說？

2013 年 10 月，美國白宮網站就曾出現以下這段訊息：

Due to Congress's failure to pass legislation to fund the government, the information on this web site may not be up to date. Some submissions may not be processed, and we may not be able to respond to your inquiries.

意思是：由於國會未能通過立法來提供政府資金，本網站的資訊可能並非最新。我們可能無法處理您的提案，也無法回應您的詢問。

句中的 failure 在這裡不要直接翻譯成「失敗」，因為事情做失敗，表示事情未達成，所以 failure 在此要解釋為「未能夠」。

白宮的這兩句簡短聲明中，最值得一學的，是它的片語 up to date。date 是「日期」，與表示「日、日子、工作天」的 day 有些不同。例如：「What date is today?」是問「今天是幾月幾日？」但是「What day is today?」則是問「今天是星期幾？」因此，date 與 day 除了字義的差異之外，亦稱得上是多益測驗聽力部分的「相似混淆音」。

date 是「日期」，片語 to date 是「到現在為止、迄今」之意，有直到今天、現在的「until now」的意思。

✐ 舉例

There have been no reports of civilian casualties caused by the military actions to date.

迄今尚未出現此次軍事行動造成平民傷亡的報告。

to date 是「迄今」，而白宮部落格 shutdown 的兩句聲明中所用的片語 up to date 是「包含最新資訊的、載有最新資料的」，也可以加上兩條破折號而成為形容詞 up-to-date，表示「最新的、當代的、流行的」。

當白宮提出聲明說：「the information on this web site may not be up to date」，意思即為政府現在沒錢，在白宮上班的人都在放無薪假，沒有人更新網站，所以「本網站的資訊可能不是最新的」。

✐ 舉例

Please keep us up to date on what has been happening.

請把最新發生的事告訴我們。

Our laboratory uses the most up-to-date equipment.

我們實驗室用的是最新設備。

除了片語 up to date 非常重要之外，還要學一個與此片語有關的國際職場與多益測驗的核心單字：update。它可以當動詞的「提供最新訊息」、「更新」，以及當名詞的「最新情況」。

✐ 舉例

The travel agent will provide us an update on our group reservation.

旅行社代辦專員將提供我們團體預約的最新狀態。

The radio station will update the audiences on the info of the incoming typhoon.

廣播電台會告知聽眾颱風的最新動態。

馬上練習 │ **多益模擬考**

Due to Congress's failure to pass legislation to fund the government, the information on this web site may not be up _____ date.

（A）on （B）at （C）to （D）until

解析

本題的正確答案是（C），主要在測驗介系詞 up to date 的閱讀認知能力。有些人會因為 date 這個字而誤選答案（A）或（B），有人則是誤認 date 為日期與時間而誤選（D）。

date 是「日期」而 up to date 是「包含最新資訊的」。此外，date 還可以指「男女之間的約會」，可不要和 appointment 這個意指「約時間碰面」的字混淆了！

本題目為：「由於美國國會未能通過資助政府的法案，目前這個網站上的訊息可能不是最新的。」

多益單字大補帖

legislation [ˌlɛdʒɪsˈleʃən]（n.）立法；法律
submission [sʌbˈmɪʃən]（n.）提交（物）；提案

process	[`prasɛs]（v.）處理、辦理（n.）過程，進程
respond	[rɪ`spand]（v.）作答、回答、回應
inquiry	[ɪn`kwaɪrɪ]（n.）詢問

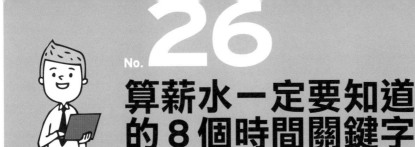

No.26 算薪水一定要知道的8個時間關鍵字

part 3
獨當
一面篇

Step6
日程
安排

Step7

Step8

領薪水是最令上班族期待的事，只是薪水怎麼算，攸關個人權益。國外計算薪水的方式很多，包括「最低月薪」monthly minimum wage、「最低時薪」hourly minimum wage。

最低點、最小值要用 minimum，而最高點、最大值要用 maximum，這些是國際職場的重要字，值得一學。「月」是 month，「小時」是 hour，它們的形容詞「每月的、每月一次的」與「每小時的」則是要在字尾加 ly。

英文字彙裡的「時間」加上 ly 字尾，就成了它們的名詞與副詞，幾個常用的字如下：

📖 舉例

hour → hourly
小時→每小時的（地）、按小時的（地）

day → daily
天→每天的（地）

week → weekly
週、星期→每週的（地）、一週一次的（地）

year → yearly

年→每年的（地）、一年一次的（地）

quarter → quarterly

季→每季的（地）、一年四次的（地）

要注意，「秒」雖然是 second，但是 secondly 卻不是「每秒的（地）」，而是「第二、其次」。此外，weekly 是「一週一次的」，如果是「兩週一次的」，則是 biweekly。同理，「一個月兩次的」則是 bimonthly。如果是「一週兩次的」，則要用 twice a week。

以上的「小時、天、週、年、季」是最基本的。有關「時間」的用語，還有以下幾個常用字：

annually

它是形容詞的「年度的、一年一度的」，也可以當名詞的「年報、年鑑、年冊」，但是它的副詞是加了 ly 字尾的 annually，有「一年度地」之意，也是多益測驗的核心單字。

舉例

With imports exceeding 50% annually, this cell phone is our flagship product.

這款手機每年進口超過 5 成，是我們的旗艦產品。

shortly

short 是形容詞，是「短的」意思，但是加了 ly 字尾的 shortly 是「立刻、馬上」，表示時間的「短」、短到要「馬上」。

舉例

President Smith will join the meeting shortly.

史密斯總裁將立刻來參加會議。

periodically

period 是名詞的「期間、週期」，它的形容詞是 periodical，加了 ly 字尾的 periodically 則是副詞的「定期地、週期性地」。

✎ 舉例

Please make sure you can check the front desk periodically for updates.

請您務必定期詢問櫃台，以獲得最新資訊。

馬上練習 | 多益模擬考

學會那麼多時間上的詞彙，現在就來試試你懂了多少：

The meeting of the Basic Wage Committee proposed to increase _____ the monthly minimum wage and hourly minimum wage.

（A）during （B）what （C）both （D）and

🗐 解析

本題的正確答案是（C）。題意為：「基本工資委員會的會議提議，最低月薪與最低時薪都要增加。」出題者在測試讀者是否知道「both A and B」「A、B 兩者都～」的用法。你如果快速看出（A）、（B）分別是最低月薪（monthly minimum wage）與最低時薪（hourly minimum wage）的話，答案自然就呼之欲出。（A）在～期間、（B）what 是疑問詞、（D）是「和」，皆不符。

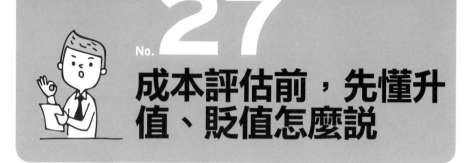

成本評估前，先懂升值、貶值怎麼說

不管是要買進外國一批原料，還是出口一批貨到歐美，匯率漲跌可牽動著相關成本與收入。因此關注全球強勢貨幣如美元、歐元、人民幣，以及和台灣較相關的日幣、新台幣的匯率走勢報導，成為重要功課；其中「貶值」「升值」這兩個詞，是見報率最高的詞彙。

先學「貶值」

英文的「貶值」，最常用的有兩個字：devaluation 和 depreciation。devaluation 的字首 de 再常見不過，它有 down（下、往下）的意思，value 是「價值」，價值的往下或下降，就是我們所說的「貶值」。

至於 depreciation，其結構也是字首 de。你是否發現「preci」與我們說的 price 很接近？沒錯，兩者系出同源，它們之間的 e 與 i 的轉變其實只是母音 a、e、i、o、u 之間的轉換。price 是「價格、價錢、價值」，配上了表示 down（下）的字首 de，就是「貶值」的意思。

認識「升值」

appreciation 就是「升值」的意思，它的動詞是 appreciate。自 a 起的字首，舉凡 a、ab、ac、af、ag、an、ap、at、ar 等等，都是「to」的意思，有「朝～去；使成為～」之意，所以「appreciation」是把價值

帶上去，那不就是「升值」的意思嗎？

appreciation 雖然是「升值」，但是它在職場裡，還有兩個更重要的衍生字義，一是「感謝」，二是「欣賞」。

✎ 舉例

Janet, I really appreciate your helping me out!
珍妮特，我真的很感謝妳幫的大忙！

We will run a restaurant whose customers appreciate its good
service and fine wines.
我們要經營一個讓顧客都很欣賞的優質服務與美酒佳釀的餐廳。

馬上練習｜多益模擬考

A Japanese official said that the recent depreciation of the yen
should be regarded as a correction from the excessive _____.

（A）enhancement
（B）enlargement
（C）insurance
（D）appreciation

🔖 解析

本題正確答案是（D）。相對於句子前面所提的「the recent depreciation
of the yen」（日圓最近的貶值），本題答案應該是「升值」才符合題意。
從整句的意思看來，言下之意是反對與否認日本政府掀起貨幣大戰的
說法。

值得注意的是，選項(A)enhancement 這個單字非常重要，是「增加、增進、提高」的意思，它的動詞 enhance 是多益必考單字，在這裡就順便把它記下來吧！

至於（B）是「擴大、增大」;（C）是「保險」。本題中的 official（官員）、be regarded as ～（被視為～）、excessive（過度的）也都是多益測驗裡的高頻字。

本題意思為:「一位日本官員說，日圓最近的貶值應該被視為是過度升值後的修正。」

舉例

The market value of the product has been enhanced due to this news report.

這項產品的市場價值因為這篇新聞報導而提升了。

先從銷售開始

職場中，sales 是一個很常見的字。首先，sales 是 sale 的複數型，而 sale 又從 sell 而來。sell 是動詞的「賣、賣東西」；sale 是它的名詞，就是「銷售」。

舉例

Whenever Judy makes a sale, she can earn a $100 commission.

每當茱蒂做成一筆生意，就可以賺得美金 100 元的佣金。

在多益測驗中也很常見的，是加了 s 的 sales，它是 sale 的複數型，是售出的總和，所以是指「銷貨」、「銷售量」。與 sales 相關的用語中，我們概略地將其分為兩個常用的用法：一是指「銷貨」，二是指「業務」。

會計中的銷貨

在會計領域裡，損益表中常用的「銷貨收入」，要用 sales revenue；「銷售量」可以用 sales volume，而「銷售業績報表」可以用 sales reports。一般我們稱的營業稅是 sales tax，在日本則稱為「消費稅」。

舉例

Do you have the sales figures to support your analysis?

你有沒有銷售數據能支持佐證你的分析？

業務的相關說法

賣產品這件事，我們常稱為「業務」，所以負責推銷產品的是「業務員」，也就是 salesperson。而一家公司負責賣產品的部門是「業務部」，就稱為 sales department；業務經理是 sales manager。代表公司出去談生意的人是「業務代表」，也就是 sales representative。

✎ 舉例

Our CEO made opening remarks and welcomed the sales representatives of Alec Computers.

我們執行長做了開場白，歡迎來自艾力克電腦公司的業務代表們。

要特別注意的是，sale 在職場上，有兩個特定的用法，一定要用單數型、不能用複數，一是 on sale，二是 for sale。

降價特賣

on sale 是指降價特賣，從這個用法做延伸，現在「a sale」也常泛指「減價特賣」。

✎ 舉例

The kitchen appliances are on sale.

廚具正在大減價特賣。

The fashion store next to our office building is having a sale.

我們辦公大樓隔壁的時裝店正在大減價。

待售、供出售

for sale 是指待售、供出售。如果你經過一間住宅，門口貼著「For

sale」，表示屋主要賣掉這間房子。

✎ 舉例

Are these fruits for sale?

這些水果是要出售的嗎？

馬上練習 │ 多益模擬考

Mr. Winthrop is a dynamic, determined, and articulate person who will succeed in sales _____ he has limited experience in this area of the business.

（A）already

（B）perhaps

（C）as far as

（D）even though

▢ 解析

本題的正確答案是（D）。空格後的句子是「溫思羅普先生在這個商業領域的經驗有限」，而空格前的句子是「他是一個有活力、有決心、口才好的人，將能在業務工作上勝出。」既是經驗有限，卻能成功，所以用一個能顯示反差的連接詞 even though（雖然、即使），來連接兩句。句中的「will succeed in sales」是「將在業務工作上成功」，sales 即為我們前述的「業績」、「銷售」、「銷售量」。

別鬧了！「報稅」可別直譯成 Report Tax

每年 5 月要申報「個人」綜合所得稅，至於「公司」，則是每兩個月要申報一次營業稅。除了上班族要繳稅，公司財務會計人員為了報稅更是忙翻天。

「報」稅

一講到「報」稅，這個「報」的英文可不是 report，report 是「報導」或「報告」；「報」稅的動作在職場與多益測驗要用動詞 file。file 在一般人的印象裡是名詞的「文件、檔案」，但是也可當動詞，指「提出（申請）」或「送交（備案）」，例如申請破產是「file for bankruptcy」。報稅的動作除了 file，另外有一個比較正式的動詞是 declare，用於「申報」之意。

✍ 舉例

Today is the deadline for local residents to file their tax returns.

今天是本國居民申報稅單的最後一天。

「課」稅

人民有繳稅的義務，而政府則扮演「徵、課稅」的角色。「課稅」的動作要用 impose，此字原義是「加（負擔）於～」。亦可用動詞 levy。此外，tax 除了是名詞的「稅」之外，它亦可當動詞使用，表示「對……徵稅」。

The British government is going to impose tax on sugary drinks in order to improve children's health.

為改善兒童的健康狀況，英國政府將對含糖飲料課稅。

「退」稅

「退稅」基本上是指將多繳的稅金退還給納稅人，所以簡單說法是 tax refund。英文裡的 fund 有「資金、基金、專款」，而字首 re 有「back」之意，意思是錢回到納稅人身上，所以政府退回你多繳的稅款是「refund of overpaid tax」，overpaid 在此是「多付的」。

在多益測驗裡，有一個常見字 reimburse，是「償還、歸還、補償」，所以我們也會看到「退稅」用「get reimbursed for the tax」的說法。

Mr. Smith is asking if he could get reimbursed for the taxes.

史密斯先生在問他能否拿到退稅。

「逃」稅與「避」稅

逃漏稅是非法的，但是避稅是某種程度上的節稅，它可就是合法的。「逃稅」的英文說法是 evade taxes，這 evade 與字彙 invade（入侵、侵略）是不是有幾分相似？沒錯，字根 vade 有 go 之意，所以 invade 是「走入」，也就是侵略；而 evade 是字首 ex 加 vade，字首 ex 是「out」，所以有走開之意的「規避、逃避、避開」。而合法的避稅是 avoid taxes。

They were charged with conspiracy to evade taxes.

他們被指控共謀逃漏稅。

如果你的身邊有外國客戶或外國友人也必須在 5 月底前報稅，你要提醒他們趕快申報，英文可以這麼說：

✏ 舉例

Don't wait until the very last minute to file your taxes in May.

不要等到 5 月的最後一刻才報稅。

last minute 在此有「最後一刻、最後關頭」之意，而「not ～ until」要解讀為「直到～才」。

馬上練習 | 多益模擬考

快來試兩題《多益測驗官方全真試題指南》，看你懂了多少：

1. We hope to send _____ tax documents to you by the end of the week.
   （A）you
   （B）your
   （C）yours
   （D）yourself

📄 解析

題意為：「我們希望在週末以前，把你的稅務文件寄給你。」第一題的正確答案是（B）。send（寄、送）是「授與動詞」，後面的 to you 是它的「間接受詞」，而直接受詞是「授與的東西」，在此句中是「你的稅務文件」，是 your tax documents，所以（B）為正解。

2. A fine of $200 will be imposed upon any drivers _____ park illegally downtown during the holiday parade.

（A）which
（B）whose
（C）whom
（D）who

part **3**
獨當
一面篇

Step6

Step7
詢價
報價

Step8

□ 解析

題意為：「假日遊行期間，任何在市區違規停車的駕駛人都將科以 200 元的罰金。」正確答案是（D），本句是要罰款「在市區違規停車的駕駛人」，所以要用關係代名詞 who 來修飾它前面表示「人」的名詞 drivers（駕駛人）。句中的 impose 是「強制執行」、「將～強加於」、「加負擔於～」，也就是我們前述的課稅、徵稅的動詞。

多益單字大補帖

duty   [`djutɪ]（n.）例如：duty-free shops（免稅商店）
customs   [`kʌstəmz]（n.）關稅（要用複數）
tariff   [`tærɪf]（n.）關稅、稅率

No. 30 停車費、租金、機票錢，報帳必學單字

不管是出公差、請客戶，難免會有許多大大小小的單據費用需要申請報帳，這是在職場打滾多年的你，不能不知道的重要單字。

交通費用中常見的 toll

toll 常用來指交通方面的「費用」，諸如過路費、通行費、過橋費等等。有時候也用於一般的服務費，例如在美國可當成使用電話時的「電話費」，「免付費電話號碼」就是 toll-free telephone number。

🖋 舉例

The labour union against the rise of highway toll fee.
工會反對調漲高速公路通行費。

除了 toll 可以表示「費用」外，在職場與多益測驗裡，還有幾個表示「費用」的重要單字：

代表各種「費用」的 fee

fee 是最常用於表示各種「費」、「費用」的字，例如：服務費是 service fee、報名費是 registration fee，入場費是 admission fee。fee 讀作 [fi]，與中文的「費」有幾分相似，因此格外好記。

Have you paid the parking fee yet?

你已經付停車費了嗎？

金額較大用 expense

通常較為正式且金額較大時，英文會用 expense 這個字，例如：公
司裡的人事費用是 personnel expenses、店面的租金費用叫做 rental
expenses，向銀行貸款要支付的利息費則是 interest expenses、差旅費
為 travel expense。

✍ 舉例

Do you keep all the receipts for travel expenses?

你保存了所有差旅費收據嗎？

成本＝ cost ＝支出

cost 雖然正式的定義是「成本」，但成本也是一種支出的觀念，因此也
可以用「費用」來解釋。

✍ 舉例

The cost of rebuilding this library will be three million U.S. dollars.

重建這間圖書館的費用將近美金 300 元。

用法比較普遍的 charge

charge 也是「收費」，但是常與名詞合用而指某些特別的費用，例如：
服務費除了前述的 service fee 外，也可以用 service charge。

✍ 舉例

There is no charge for using the fitness center.

使用這個健身房是免費的。

part **3**
獨當
一面篇

Step6

Step7
詢價
報價

Step8

單指票價的 fare

fare 常用於車費、船費，或是指機票或船票的「票價」。

✎ 舉例

What is the air fare from Taipei to Los Angles?

台北到洛杉磯的機票多少錢？

正式的大筆支出 expenditure

expenditure 常常是指「花費」、「開銷」、「支出」，用法較為正式且金額較大。

✎ 舉例

Government expenditure on education will be very high this year.

今年政府在教育上的支出將會很高。

馬上練習 | 多益模擬考

The cost of round-trip air transportation is included _____ the nine-day cruise package.

（A）by （B）in （C）at （D）to

📄 解析

本題的正確答案是（B）。「包括其中」用「be included in ～」最為正確。值得一提的是，cost 在此不用翻譯為「成本」，而是指「費用」。題意為：「9 天的郵輪套裝行程包含來回機票的費用。」

必學字首 1 Trans，轉帳、轉調、轉機都用得上

當你在工作上能夠獨當一面，不論是面對內部的轉調，或是財務帳款的管理，都能夠從容應付。這時候，一定要認識這些以「trans」為字首的單字，就能夠更得心應手。

trans 有「從 A 到 B」之意，A 與 B 分別表示兩個不同的地方或狀態，例如從甲地到乙地、或從 A 形態到 B 形態的意涵。值得一學的 3 個高頻字是：transfer、transportation 和 transform。

多益高頻單字 1：transfer

transfer 是「轉換」，但是「轉職」、「轉帳」、「轉學」、「轉車」，都可以用此字。它們都是字首 trans 意涵的延伸，因為「轉職」就是從 A 職務轉到 B 職務；「轉帳」也是從 A 帳戶轉到 B 帳戶；同理，「轉學」也就是從甲學校轉到乙學校。

✎ 舉例

The engineer was transferred to another construction project.
這個工程師被轉調到另一個建案。

I need to transfer money from my account to his.
我需要從自己的戶頭把錢轉帳到他的帳戶中。

He transferred to Harvard law school after his first year in a community college.

他在社區大學一年後，轉學到哈佛法學院。

She transferred at Tokyo for a flight to Hong Kong.

她在東京轉機到香港。

多益高頻單字 2：transportation

transportation 是「運輸」，也是把人從甲地載到乙地，同樣是字首 trans 的延伸。

✎ 舉例

The city needs more budget to improve its public transportation systems.

這個城市需要更多預算來改善它的公共運輸系統。

多益高頻單字 3：transform

看到 transform，大家一定會想到電影《變形金剛》（Transformers）！這單字中間的字根是 form，有「形體」之意，從某形體變成另一種形體，例如從汽車變成機器人，又從機器人變成飛機，這不就是《變形金剛》的超級大賣點嗎？所以，英語字彙 transform 原本就是「改變」之意，在加了代表「人」或「物」的字尾 er 之後，就成了這部大片的英文名《Transformers》。

form 除了是「形體」之外，還有一個意思是工作中常見、大家也熟悉的「表格」。眾多表格之中，又以「申請表」最常用，它是 application form，值得一記！

舉例

The company tranforms its strategy to boost business.

這家公司改變策略以提高業績。

馬上練習｜多益模擬考

快來看一看國際出題大師 Grant Trew 在其大作《多益策略》（Tactics for TOEIC）的例題：

For more than three decades, Beecham Construction has helped clients _____ their ideas into beautifully executed projects.

（A）prevail　（B）transform　（C）inspire　（D）involve

解析

本題的正確答案是（B）。本題意思為：「超過 30 年的時間，必成建築公司幫客戶將構想概念轉變為成功執行的建案。選項（A）盛行、（C）鼓舞、（D）牽涉，皆不妥。

必學字首2 Ex，從動作片學「費用」單字

多益職場字其實處處可見，在 2010 年的動作片《浴血任務》，這部片子的英文名《Expendables》，就是一個職場實用單字！

expendable 是動詞 expend 再加上字尾 able。說到動詞 expend，你會不會覺得下列這 3 個字看起來很像：

expend、expand、extend

這 3 個字不但看起來很像，也都是多益測驗的重要字，在解析這 3 個字之前，讀者請先記住一個語言規律性，我們稱它為「齒音的共通性」，也就是說，英文裡 6 個藉助牙齒發音的齒音：[t]、[d]、[s]、[ts]、[θ]、[ð]，彼此可以共通轉換。

expend

首先來介紹第一個字：expend。在這之前，我們先看一個字串：

revenue（營業收入）－ **cost**（成本）－ **expense**（費用）= **profit**（利潤）／ **loss**（損失）

第一個 revenue 是「營業收入」，例如一個小販一晚的營業收入，就是

指他一個晚上做生意收進來多少錢。營業收入並不算他「賺到的錢」，因為還要扣掉成本與費用，而 cost 與 expense 就是指成本與費用，是字串的第二、三個字。

營業收入扣掉成本與費用，如果有剩餘，那就是他賺到的利潤（profit）；如果是負數，那就是損失（loss），是字串最後的 profit ／ loss。

上述的名詞「費用」expense，是 expend 的名詞，而 expend 是動詞「花費」。

以結構來看，expend 字根 pend 有 pay（付錢）之意，字首 ex 有 out（出去、往外）之意，所以付出去就是花費。以 [s] 與 [d] 的共通性，字根 pend 與 pens 都是「pay（付錢）」。

expense（費用）是多益測驗的重要字，因為職場有各種各樣的費用，例如：差旅費用、辦公室租金費用、廣告費用、人事費用等等。至於動詞的 expend 也很容易記，因為它就等於 spend。

此外，如果你記住了 expense 是「費用」，那就不妨多記一個 expenditure，它也指「花費、費用、開銷」。東西很貴是 expensive 是形容詞「昂貴的」。

✎ 舉例

I usually spend three hours reading newspapers every morning.
我通常每天要花 3 小時看報。

The government expended much money in maintaining this beach.
政府花許多錢維護這個海灘。

至於《浴血任務》的片名《Expendables》，是 expend 加上字尾 able（可以～的），本是形容詞的「可消耗的、消耗性的」，但是也可以當名詞的「消耗品」使用。電影片名上加了「s」，當然又是指這群資深大明星們所飾演的角色不被看重，一肩扛起充滿危險、九死一生的任務，卻被當作隨時可被犧牲的消耗品。

expand

它是指「擴展、擴張」。字首 ex 有 out（出去、往外）之意，pand 有 spread（展開）之意，往外展開所以是「擴展、擴張」。

職場裡常提到擴展，例如廠房擴展、業務擴展等等。順便記一下它的名詞 expansion。名詞字中的 pans，與動詞中的 pand 系出同源，都是字根 spread 的意思。它的另一個名詞 expanse 在托福測驗很常見，指「開闊地」。

✎ 舉例

The bank will expand its overseas business next year.
這家銀行明年將會擴展它的海外業務。

extend

extend 可以與第二個 expand 一起記憶，因為兩個字都有「擴展」的意思，但是稍有差異。

expand 是面的擴展，而 extend 是線的擴展。所以廠房擴展、業務擴展這類朝四方展開的，要用 expand；但是線性的擴展用 extend，所以它又有延長之意。

舉例

The shopowner extends the opening hour from seven to eight.

店主將營業時間從 7 個小時延長至 8 個小時。

它的名詞 extension 可以當作分機號碼，常見名片上的「ext. 282」指分機號碼是 282。分機也就是電話線的延伸、延長。

舉例

Thank you for calling H-tec. Please dial the extension number or dial nine for the operator.

感謝您致電 H 科技公司。請撥分機號碼，或撥 9 由專人為您服務。

part **3**
獨當
一面篇

Step6

Step7
詢價
報價

Step8

每家公司的營運計畫要跟著市場脈動調整,而跨國企業的一舉一動更是關係著全球布局,尤其景氣不好,財經新聞不時出現某外商將撤出台灣的消息。身為國際工作者,你知道「撤出」這個單字要怎麼用嗎?這個單字不但是簡報中常會用到的字,也是知道自己能否保住飯碗的 key word!

關鍵字 1 withdraw

withdraw 有「撤退、撤離」之意,像是軍隊的撤退;它也有「提取、收回」的意思,例如在銀行提領現金。至於「撤出台灣」,是退出市場與停止提供服務等意思,也用 withdraw。動詞的 withdraw 與其名詞 withdrawal 都是多益測驗的核心字彙。

✐ 舉例

McDonald's confirmed that the company is seeking to change its operational strategy, but will not be withdrawing from the Taiwan market.
麥當勞公司證實正在尋求營運上的改變,但不會撤出台灣市場。

I would like to withdraw ten thousand US dollars, please.
麻煩你,我要提領美金 1 萬元。

關鍵字 2 exit

在大樓的消防設備檢查項目中，逃生出口是最重要的。通常出口處的標示上，都有一個「exit」的字樣，它就是「出口、通道」之意。此字也可以當動詞，指的是「離開、離去、退出」。之前麥當勞「撤出」台灣的新聞中，我們也可以看到 exit 的運用。

✎ 舉例

McDonald's said in a statement that it is not exiting Taiwanese market.

麥當勞在聲明中表示，該公司不會撤出台灣市場。

There is an emergency exit on each floor of the laboratory.

在實驗室的每個樓層，都有緊急出口。

關鍵字 3 pull out

要把門「推開」是 push，把門「拉開」則是用 pull。片語 pull out 有「拉出、拔出」，但也有「退出、脫離」之意。同樣是麥當勞「撤出」台灣的相關報導中，也有使用 pull out 的用法。

✎ 舉例

McDonald's says it is not pulling out of the Taiwan market as has been reported.

麥當勞表示，不會如報導所言撤出台灣市場。

The construction project became so difficult that the company had to pull out.

這個建案變得難度很高，此公司只得退出。

TAIPEI, Taiwan, June 25 ―― The Taiwan subsidiary of McDonald's confirmed that it is seeking to restructure its international business, but will not be withdrawing ____ 141.____ the Taiwan market. ____ 142.____ , the company has not commented on reports it is planning to sell off its directly operated stores.

____143.____ Business Weekly, an executive of McDonald's was quoted as saying the company will adopt a franchise model in the Taiwan market.

141. （A）for
　　（B）from
　　（C）with
　　（D）at
142. （A）Otherwise
　　（B）Likewise
　　（C）Therefore
　　（D）However
143. （A）In accordance
　　（B）Accordingly
　　（C）According to
　　（D）Accord

解析

本題組是多益測驗 Part 6 的典型題型。第 141 題的正確答案是（B）。

withdraw 最常與介系詞 from 連用，withdraw from 表示「從～撤離」，from 有「從、由」之意，所以（B）為正解。

第 142 題的正確答案是（D）。自前後文的句意來看，在此以「然而」較符合。選項（A）是「否則」，選項（B）是「同樣地」，選項（C）是「因此」，皆不符合全文的文意發展。

第 143 題的正確答案是（C）。空格後的 Business Weekly 為專有名詞，指「商業周刊」，所以 according to（根據～）較符合前後文。選項（A）應改為 in accordance with，此片語是「依照」。選項（B）是「因此、於是」，選項（D）是動詞「一致、符合」，在此皆不符全文的句意發展。本報導中的 franchise 是指「特許經營權」，在連鎖商店或連鎖集團（chain）的文章上常見此字，讀作 [`fræn͵tʃaɪz]，值得一學。 subsidiary 是子公司、附屬公司。

全文翻譯 ▶▶▶

台北，台灣，6 月 25 日——麥當勞的台灣子公司證實，該公司正尋求國際營運的重組，但不會撤出台灣市場。然而，該公司未評論報導中關於計畫出售直營店之事。根據《商業周刊》的報導，麥當勞的高階主管被引述台灣市場將採用特許經營的模式。

當公司主辦一個跨國活動大案子，需要各個部門協助、支援，這時候，更要把握表現機會，展現自己的才能與協調能力。

「主辦」活動的相關單字，在新聞中也有不少範例，像是有小奧運之稱的世界大學運動會，2017 年將由台灣主辦，包括主辦、協調、運籌帷幄、接待、排解問題等單字，也都可以一次學起來。

我們先來看看當國際奧委會主席在記者會上，宣布 2020 年奧運主辦地是日本東京時的國際新聞。

美國 **CNN** 在第一時間如此報導：
Tokyo has been chosen by the International Olympic Committee to host the 2020 Summer Games.
東京被國際奧委會選中，主辦 2020 年奧運。

而英國 **BBC** 則是這麼報導：
Olympics 2020: Tokyo wins race to host Games
2020 年奧運：東京在申奧競賽中贏得主辦權。

在 CNN 與 BBC 的報導標題裡，「主辦」奧運的英文字都用了 host，此單字是職場裡的重要字，也是多益測驗的核心字彙。它是動詞的「做

主人、做東道主、主辦」；此外，「主持」也用此字。

但是 host 有一個特殊性，它的動詞、名詞、形容詞是「三態同型」，都是 host 這個字，所以 host country 稱為「主辦國」，其中的 host 是形容詞；而 the host for the awards ceremony 裡的 host 是名詞，稱為頒獎典禮的「主持人」。

動詞

舉例

Russia is going to host the next World Cup.
俄羅斯將主辦下一屆世界盃足球賽。

The annual party will be hosted by the Human Resource manager.
年終派對將由人資經理主持。

名詞

舉例

Our host is greeting us at the entrance now.
主人現於入口處迎接我們。

A radio talk show host is under arrest by the police.
一個廣播電台脫口秀主持人被警方逮捕。

形容詞

✏ 舉例

The host city for the next exposition in 2017 is Berlin.
下一屆 2017 年博覽會的主辦城市是柏林。

The host club is to be congratulated on its preparation of the event.
應該祝賀東道主社團對這次活動的準備工作。

像 host 這種動詞、名詞、形容詞三態同型的字不多，但是比較多的是名詞與動詞同型的，例如 comment、respect、result、care 等等；或是形容詞與動詞同型的，例如 complete。讀者在學習新字彙的時候，應該加以注意。

馬上練習 | 多益模擬考

以下是多益測驗運用這個觀念，在 Part 5 與 Part 6 部分，出現的測驗題，本例題出自《多益測驗官方全真試題指南》：

Ms. Gupta has earned the _____ not only of her colleagues in the law firm but also of the clients she represents.
（A）respect
（B）respectable
（C）respectably
（D）respecting

解析

本題的正確答案是（A），題意為：「古普塔女士不只贏得法律事務所同事們的尊敬，還有她所代表的客戶的尊敬。」因為在定冠詞 the 的後面，應該找一個名詞。但是在回答此題時可能會有幾分猶豫，因為他們只記得 respect 是動詞，例如「We respect our principal very much.」（我們非常尊敬校長），因此會誤選（D），因為（D）的 respecting 是現在分詞又是動名詞。所以（B）是形容詞、（C）是副詞，皆不符。

最後的 represent 是動詞的「代表」，字尾加 ive 的 representative 看似形容詞，卻是名詞「代表」，以及「代表人」的意思，例如「公司代表」是 company representative，而「業務代表」是 business representative。

舉例

Our president was chosen to represent the whole beverage industry.
我們總裁被選中代表整個飲料產業。

He is the sales representative of the ETA Group.
他是 ETA 集團的業務代表。

The 2016 Summer Olympics is _____ to take place in Rio, from Aug 5.to Aug.21.

（A）schedule
（B）schedules
（C）sceduled
（D）scheduling

解析

schedule 是常用字，一般最常把它當名詞，但是它也可以當動詞。當名詞是「計畫表、行程表」，或是活動的「時間安排」；當動詞時，則

是「排定時間」。本句中，schedule 是動詞，句意是：「2016 夏季奧運排定從 8 月 5 日到 8 月 21 日在里約熱內盧舉行。」

特別注意，奧運活動不會自己排定，而是被人排定，所以要用「被動式」。被動式的公式是「beV+ 過去分詞」，所以正確答案是過去分詞的（C）。如果句子的主詞是某項活動，則 schedule 該用「被動式」。

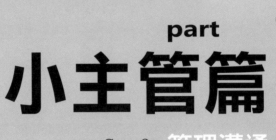

part

小主管篇

4

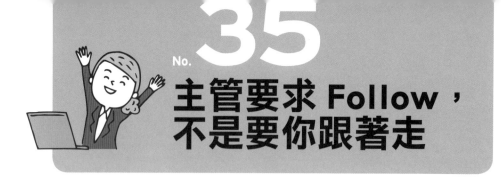

主管要求 Follow，
不是要你跟著走

各家公司都有不同的內規，讓員工有所遵循，才不致於「失職」。一旦
違反職場規定，輕則影響工作團隊，重則丟了飯碗，並留下職涯負面
評價。身為主管，藉此機會學一下「遵守規定」的英文說法。

一般用法與正式用法

要「遵守規定」，最簡單的動詞是 follow，這 follow 是「跟隨、跟著」，
跟著規定走當然也就是「遵守規定」。

✏ 舉例

What we need to do over there is to follow the rules of the
company.
在那裡我們需要做的事情就是按公司規定做事。

除了 follow，也可以用 obey，它有「服從、聽從、遵守」之意。

✏ 舉例

Those are the regulations set by the management, and we have to
obey.
那些是管理階層制定的規定，而我們必須遵守。

此外，也可以用稍微正式的：comply with、abide by、conform to，但
是要小心正確使用它們跟隨著的介系詞，comply 要用 with，abide 要

用 by，conform 則是要用 to 或是 with。

　✍ 舉例

After the committee discussion, every participant needs to comply with the final decision.
委員會在討論之後，每位參加者都要遵守最後決定。

Mr. Smith believed that her staff would abide by the orders.
史密斯先生相信他的部屬們會遵守命令。

These teenage drivers are advised to conform to the traffic laws.
這些青少年駕駛被告知要遵守交通法規。

此外，除了正式的用法之外，也可以用一些比較口語化的說法，像是 stick to 或 go/play by the rules。動詞的 stick 有「黏住」之意，黏著不放所以是「遵守」，而 go by the rules 有照規定來進行的意思。

　✍ 舉例

Stick to that company policy and you will be fine.
謹守著公司規定，你就不會出差錯。

You can go by the rules, or you will be fired.
如果你不能按規定做事，就會被炒魷魚。

反義詞「違反」怎麼說？

「違反」規定，最簡單的常用字就是 break，或是較為正式的 violate。

　✍ 舉例

You cannot break the rules.
你不可以違反這些規定。

在職場裡，如果你的同事要你不遵守規定去辦某事時，你可以用這一句「規定怎麼辦就是怎麼辦！」（Rules are rules.）。或是說「這項規定是沒有例外的。」（There are no exceptions to the rule.）

馬上練習 | 多益模擬考

The staff of the document storage facility followed the auditor's suggestions for corrective action in _____ detail.
（A）other （B）every （C）either （D）any

解析

本題的正確答案是（B）。句意是：「文件儲藏庫的員工仔細遵循稽核員的每一項改正建議。」句中的 follow 不是「跟隨」，而是上文中提到的「遵守、遵循、遵照」。

The manager has complied with CEO's requests that he _____ internal control procedures at accounting department.
（A）review
（B）was reviewing
（C）be reviewed
（D）reviewed

解析

本題的正確答案是（A）。全文意思為：「公司經理遵照執行長要求，審查了會計部的內控程序。」解題的關鍵字是 request，因為英文句子裡有「建議」、「要求」、「命令」、「規定」4 種字義時，句子裡會有助

動詞 should，表示「應該如何」，但是這個 should 可以省略，並保留原型動詞。本句原來是「that he should review ～」，在省略 should 之後，就成了「that he review ～」，所以（A）為正解。

多益單字大補帖

commander	[kə`mændɚ]	（n.）指揮官；司令官
vow	[vaʊ]	（v.）鄭重宣言；誓言
reinforce	[ˌriɪn`fɔrs]	（v.）加強
regulation	[ˌrɛgjə`leʃən]	（n.）規章；規則；規定

part**4**
小主管篇

Step9
管理
溝通

Step10

Step11

公司經常為了因應市場變化，或者因為政府法令的公布而必須修改規定。只是，「修改」的動詞要用哪個字？很多人會先想到 repair 與 fix，但這些是誤用，下面這篇好好學起來，可別讓部屬笑你不專業。

amend

在英文裡，repair 與 fix 都有「修」、「修理」的意思，但是「修改」法規的正確用法是 amend 這個動詞，其名詞為 amendment。amend 指正式的修改、修正、改正，常用於議案、提議等。

✎ 舉例

The congress amended the proposed tax bill last week.
國會上週修改了提案的稅法。

Eric reiterated a proposal that will put a possible constitutional amendment to a referendum.
艾瑞克重申提案，要將憲改訴諸公投。

mend

amend 字彙家族裡的另一個字：mend（修理）。mend 指修理、修補、改善。用法接近 repair 與 fix，但多用來表示對打破、撕破、穿破的物

品進行修理或修補，一般指較小之物；mend 也可以表示治癒創傷、矯正錯誤或使破裂的感情重歸於好。

✎ 舉例

Is it possible that you can mend my motorcycle now?

能否請你現在修理一下我的機車？

It is never too late to mend.

永遠不會太晚而不能改正。（也就是中文諺語：亡羊補牢，猶未晚矣。）

mend 在英語字源裡，有「錯誤、缺點」之意，因為有錯誤，所以要「修理、改善」。至於 amend，字首 a（b）有 away 或 off 的離開之意，mend 是錯誤缺點，把錯誤缺點拿走拿開，所以 amend 是正式的修改、修正。

part **4**
小主管篇

Step9
管理
溝通

Step10

Step11

repair

容易被誤會的 repair 與 fix，同為多益測驗核心字彙，接下來也好好學一下：

repair 是指修理、修補，名詞與動詞同形。repair 可用的對象範圍很廣，從房屋、道路、機器到日常生活必需品，通常用在受到一定損失或失靈的東西使其恢復形狀或功能。不妨順便記一下，repairman 是「修理工人」。

✎ 舉例

This air conditioner is in need of repair.

這台冷氣機需要修理了。

fix

fix 用於需要重新「調」物體的結構，把鬆散的部件固定結實，將分離的物體各部分裝配起來。 fix 除了修理外，也常在用在「固定」。

✎ 舉例

The technicians were able to quickly find and fix the problem.

技術人員馬上就找到問題並解決了。

馬上練習｜多益模擬考

如果你學會了 amend、mend、repair、fix，那以下這題《多益測驗官方全真試題指南》的題目，可就難不倒你了：

Highly _____ craftspeople are needed for the renovation and repair of the plumbing systems.

（A）turned

（B）skilled

（C）mended

（D）natured

🗐 解析

本題的正確答案是（B）skilled（有技能的）。選項（A）轉動的，（C）修改的，（D）本性的，皆不符句意。

空格前的 highly 是程度上「高度地」，亦即「很、非常」。而題目中的 repair 與（C）的 mended，就是前面文章中提到的「修理」。全文意思是：「管線系統的翻新和維修需要技術熟練的工匠。」

鋼鐵人教你如何 發表新聞稿

No. 37

市場競爭激烈,每一家企業的產品不斷推陳出新,但要如何引起消費者與媒體關注,占有一席之地,公司產品發表會就是重要關鍵之一。身為主管,更要在這些環節謹慎把關,如何讓公司產品一推出就造成話題,引起注目,帶動銷售?讓我們從一篇 hTC 新聞稿來從中學習。

首先,我們先認識新聞稿的英文應該怎麼說?

✍ 舉例

The finance minister explained his resignation in the latest press release.

財政部長在最新的新聞稿中,解釋他的辭職原因。

hTC 發布將與電影《鋼鐵人》男主角、好萊塢一線男星小勞勃道尼(Robert Downey Jr.)合作,請他為手機代言。當時 hTC 記者會的一篇報導如下:

hTC Corp. announced Monday _____ (1.) _____ it has signed a contract with Hollywood movie star Robert Downey Jr. for marketing campaigns over the next two years. The chief marketing officer told a media briefing that the company will release five to six new online marketing videos starring Downey.

The ad campaign is expected to provide a boost. According to the media briefing, hTC, _____ (2.) _____ , will only launch a limited number of flagship smartphones this year. "We launched too many products in the past," said Ben Ho, the chief marketing officer, "so _____ (3.) _____ have become more cautious this year."

1.（A）as （B）that （C）with （D）for
2.（A）therefore （B）furthermore （C）likewise
　　（D）however
3.（A）we （B）ours （C）us （D）ourselves

📖 解析

第一題破題的關鍵在 announce 這個字與後面 it has signed a contract with⋯⋯的完整句子。announce 是「宣布」，後面的句子是宣布的事情，所以要用答案（B）that 來連接這個句子。（C）與（D）都是介系詞，不能接句子。（A）的 as 可以當介系詞和連接詞，但是在此無法配合 announce，因此不選。

第二題的關鍵在空格前後句意的「轉折」。空格前說新廣告將會提升業績（boost），但空格後卻說將只推出有限數量的旗艦機，明顯地句意產生「轉折」，所以要選答案（D）的 however「然而」。（A）是「因此」、（B）是「再者」、（C）是「而且」，皆沒有 however 適合。

第三題是看代名詞，正確答案是（A）we。（C）的 us 是 we 的受格，不能當主詞。（D）的 ourselves 是「我們自己」，用於受格或強調，也不能單獨當主詞。（B）的 ours 雖可當主詞，但是它是所有格代名詞，表示「我們的××」，例如「我們的車是一部白色的車」，可以說 Ours is a white car，而在此句中，沒有表示所有格的句意。

全文翻譯 ▶▶▶

hTC 週一宣布與好萊塢電影明星小勞勃道尼簽了 2 年行銷合約。行銷長在媒體簡報會上說，該公司將發行 5 到 6 部由勞勃道尼主演的網路行銷新影片。

這項廣告活動預計將提升業績。然而，根據媒體簡報會的說法，hTC 今年只推出限量的旗艦智慧型手機。「過去我們推出太多產品，」行銷長 Ben Ho 這麼說道，「所以今年我們比較謹慎。」

多益單字大補帖

announce	[ə`naʊns]（v.）宣布；發布	
contract	[`kɑntrækt]（n.）/（v.）契約；合同	
marketing	[`mɑrkɪtɪŋ]（n.）行銷	
campaign	[kæm`pen]（n.）大型活動	
briefing	[`brifɪŋ]（n.）簡報	
boost	[bust]（v.）/（n.）提高；增加	
ad	[æd]（n.）廣告（即為 advertisement）	
launch	[lɔntʃ]（v.）/（n.）發射、發動、開展、發出	
release	[rɪ`lis]（v.）/（n.）釋放、發射、發行	

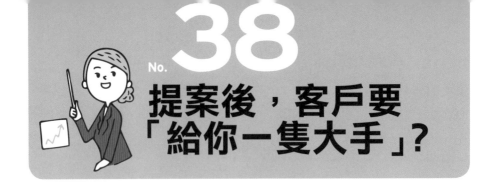

當你的外國客戶來公司洽談生意時，在會議室裡，他忽然對你說：「Can you give a hand?」字面上看起來是「你可以給我一隻手嗎？」你的外國客戶是要跟你握手嗎？還是要牽手呢？hand 這個字簡簡單單，在英文中卻百搭多變，以下介紹 6 種常見的職場用法。

幫助

hand 是「手」，在職場裡還有延伸用法，要幫助別人就必須要伸出援手，所以 hand 又可以指「幫助」，而 give somebody a hand 就是幫助某人，而 need/want a hand 即為「需要幫助」。

✎ 舉例

Would you need a hand with the typing?

需要幫你打字嗎？

拍手、鼓掌

跟外國客戶開會中，有人在台上做簡報（presentation），當客戶說：

Let's give her a big hand.

字面上看起來是「讓我們給她一隻大手。」但正確意思是，你的外國客戶覺得這場簡報表現很好，所以要為負責簡報的同事「拍手、鼓掌」。鼓掌雖然要用兩隻手才能進行，但是 give somebody a big hand 的用

法，hand 一定要用單數。

另一方面來説

如果你的外國客戶在開會的過程中，說了這句：

It is a totally new product. On the other hand, it is a new market for us as well.

從字面上看起來，on the other hand 是「在另一隻手上」，但正確的意思是「另一方面」。所以你的外國客戶是說：「這是一個全新的產品；但從另一方面來說，這對我們也是一個新市場。」

part**4**
小主管篇

Step9

Step10
會議
簡報

Step11

交、遞

hand 還可以當動詞使用，指的是「交、遞」。

✐ 舉例

She handed the document to her boss.
她把文件交給她的老闆。

人手短缺

因為景氣不好，面對越來越多的工作量，hand 這個字也可以讓身為主管的你，用在向上級提案時表達部門人手不足。這個用法就是：

short-handed

在此的 hand 是指「人手、雇員」，可不是「手短」的意思，所以 short-handed 是指「人手不足（短缺）」。

指針

在多益測驗的聽力部分，曾經出過把 hand 字當「指針」的用法。鐘表上的時針、分針、秒針分別是：

hour/minute/second hand

馬上練習│多益模擬考

可別小看 hand，它曾經出現在多益測驗的題目中，請看以下《多益測驗官方全真試題指南 I》的聽力題：

播放聽力測驗的 CD 中，一位女士說：

How about giving me a hand with this projector?

接著另一位女士會回答？

（A）We project steady growth.

（B）Sure. Let me hold it for you.

（C）It's a good idea to hand them out.

📄 解析

本題的正確答案是（B）。題目是問：「你可以幫我搬這台投影機嗎？」答題的關鍵有二：一是 give me a hand，它是指「幫忙」。二是 project，它既是「破音字」又是多義字；當動詞時，讀作 [prə`dʒɛkt]，重音在後，有「投射」與「預計」的雙重字義。

「投影機」即為 projector，是動詞「投射（project）」加上名詞字尾 or。但是當名詞時，讀作 [`pradʒɛkt]，重音在前，是我們熟知的「專

案、計畫」。

答案（A）的 project 是它動詞的用法，在此做為 projector 的相似混淆音與多義字的干擾答案。（C）的 hand 是動詞的用法，在此做為 give me a hand 的相似混淆音與多義字的干擾答案。

No. 39 搭機、接機或送機 Arrival、Departure 別跑錯

出差前還要注意到訪國家是否需要簽證，或者外國客戶訪台，要辦理簽證等問題。你得搞清楚這些關鍵單字，才不至於無法入境！

首先要認識的單字是 visa（簽證），它是指「入境許可證明」，「免簽證」的英文就是 visa free。free 放在名詞前面指「免費的」，但放在名詞後面是指「沒有～的」或「免～的」。

要注意的是，出國旅遊時，有很多機會看到 free 這個字，但不全都是免費的意思喔！

舉例

tax free store
免稅商店，各國機場都可見，也稱為 duty free；duty 是指關稅。

sugar free drinks
無糖飲料

skin free fried chicken
不含雞皮的炸雞

進行商務旅行（business trip）、到機場與車站接客戶、在國外搭計程車、買票、訂旅館、聽機場廣播、取消班機、延誤通知等議題與內容，都是多益測驗必出現的考題情境之一。

考題 1

Attention

- All arriving flights from Los Angeles are cancelled due to heavy snow.
- The European flights are not affected now. Please check the status of your flight on the arrivals board.
- Because of mechanic problem, departing Flight BR0310 to Chicago is not ready for boarding yet. Please wait for further announcement.

1. Where is this announcement most likely being made?
   （A）At a train station
   （B）At a restaurant
   （C）At a ferry terminal
   （D）At an airport

2. What are passengers travelling to Chicago told to do?
   （A）Proceed to the boarding gate
   （B）Make another travel plan
   （C）Call the customer service
   （D）Listen for an announcement

解析

第 1 題

正確答案是（D）。不論你去哪個國家，在機場或車站一定會看到這兩個英文字：arrival、departure。arrival 是「進站、到站、入境」，departure 是「出站、離站、出境」。進站的火車常被稱為 arriving train，而出站的火車則常稱為 departing train。

本題的 flight 是指「航班」，到站航班稱為 arriving flight，離站航班稱為 departing flight，因此這個告示一定是發生在機場。（C）的 ferry 是「渡輪、渡口」。

第 2 題

正確答案是（D）。告示的第 3 點提到往芝加哥的航班 BR0310 有機械問題，請乘客 wait for further announcement，這裡的 announcement 多半指機場裡的廣播，所以正確答案是聽取廣播通知。

有「出站、離站、出境」之意的 departure，可以拆成 de + part + ure 三個部分。字首 de 代表 apart 或是 off，有「分開」之意。重要的是字根 part，它在英文裡也是「分開」的意思。因此 depart 一字，表示動詞的「離去、離開」，那麼 departure 顧名思義是出站、出境了。

有 part 這個字根的英文字不勝枚舉，以下兩個字值得一提：

apartment 是大樓裡「分開」（part）成一間一間的住宅，也就是「公寓」。department 這個字也有異曲同工之妙，公司裡或學校裡會「分成」各部分，所以在公司是「部門」，在學校是「科系」，而 department store 是「百貨公司」，因為裡面有販賣不同商品的區域或店家。

要注意，apartment 與 department，因為在發音上都有 [partmənt] 的讀音，是混淆音，也是聽力測驗的高頻用字。

請注意！！

- 因為大雪，所有從洛杉磯來的航班均已取消。
- 目前歐洲線航班不受影響。請在到站資訊看板上查看您的航班現況。
- 由於機械故障，往芝加哥的 BR0310 班機尚未準備登機，請等候廣播通知。

考題 2

Grand Caesar Hotel

…Rooms with nice view! Excellent service! Fabulous dinner menu! Close to transportation! You will be pleasantly surprised by our complimentary breakfast!

According to the advertisement, what is provided for free at the hotel?

（A）A meal 　（B）A room service

（C）Transportation to the city 　（D）A menu

part**4**
小主管篇

Step9

Step10

Step11
出差
洽公

解析

正確答案是（A）。答對的關鍵在 complimentary 這個字！

我們常聽到英文影集裡有人說：「Thanks for your compliment.」，其意是「謝謝你的恭維！」或是「謝謝你的讚美！」

compliment 當名詞用的時候是「恭維、讚美」，當形容詞的時候當然也是「恭維的」。因為是恭維的，它衍生成另一個意思是「免費的」，因此 complimentary breakfast 是指「免費早餐」，所以答案是（A）。

全文翻譯 ▶▶▶

凱薩飯店

…房間視野極佳！服務親切！晚餐菜色豐富！交通方便！招待精緻早餐！

考題 3

Smoky Joe's Today's Special
• Appetizer
• Caesar Salad
• Italian Main Course
• Ice Cream Dessert

Hours: 13:00 – 21:00 Sunday to Friday
What kind of business is Smoky Joe's?
（A）A bakery　（B）A florist　（C）A bookstore
（D）A restaurant

解析

正確答案是（D）。special 這個字多半當形容詞用，是「特別的」。
special 這個常見字，是指「特別的人或物」，像是專車、特價（品）、特刊、特別節目等。這則廣告的 Today's Special 是指「今日特餐」，它有開胃菜（appetizer）、凱薩沙拉（Caesar salad）、義式主菜（Italian main course），所以這是一家餐廳的廣告。
附帶說明，（C）的 florist 是「花店」或「花農」，英文的花店通常不稱為 flower shop，要用 florist。
在這家餐廳的廣告上，還有一道甜點（dessert）？
甜點的英文字是 dessert，許多人常很難分辨以下這兩個「相似字」：
desert、dessert。
這兩個字只差一個 s。上面的 desert 有名詞與動詞之分：名詞是「沙漠」，重音在前，讀 ['dɛzɚt]；動詞是「拋棄」，重音在後，讀音與第

二個字 dessert（甜點）完全相同，都可念做 [dɪ'zɚt]。

全文翻譯 ▶▶▶

Smoky Joe's 餐廳

今日特餐

- 開胃菜
- 凱薩沙拉
- 義式主菜
- 冰淇淋甜點

營業時間：週一至週五 13：00 ～ 21：00

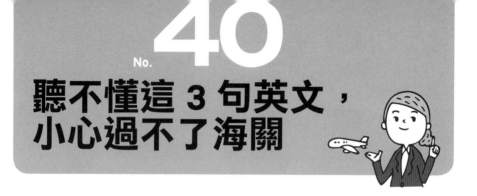

出門在外，不管出差、旅遊，總是安全第一。只是在恐怖攻擊頻傳的歐美地區，海關檢查特別嚴格。如果你經常到此出差，請注意以下這一則由美國運輸安全管理局（Transportation Security Administration）所發出最新關於機場乘客登機檢查的新聞稿。其中的 3 句話至關重要：

During the security examination, officers may also ask that owners power up some devices, including cell phones. Powerless devices will not be permitted onboard the aircraft. The traveler may also undergo additional screening.
在安全檢查的過程中，海關人員會要求旅客把包括手機與其他的電子裝置的電源打開（power up）。

這句話的由來是美國國土安全部（Homeland Security）得到情資，恐怖分子有可能將炸藥藏在電子裝置中，或將其改裝成炸彈。power 通常用於名詞的「力量」，很有力量的是 powerful；power 亦可用於名詞的「電力」或動詞的「提供動力」，所以此句中的 power up 是動詞片語「啟動、開機」，與開啟電子設備的 turn on 同義。

日後搭機旅客所攜帶的手機、筆電、平板電腦與其他電子裝置，都可能必須經過安檢，確認能夠「開機」才能帶上飛機。因此，當美國機

場海關官員一臉嚴肅的說：「Ma'am, power up your tablet, please.」時，你可不要一頭霧水或驚惶失措，因為他是說：「女士，請將妳的平板電腦開機！」

✑ 舉例

When your computer is powered up, don't move it.
當你的電腦開著的時候，不要移動它。

Powerless devices will not be permitted onboard the aircraft.
沒電或無法開機的電子裝置不得帶上飛機。

經過第一句的解讀，你就可以舉一反三知道此句的 powerless devices 可不是「沒有力量的」裝置，而是指「沒有電的」或「不能開機（啟動）的」。只是，這項措施可能使一些旅客在機場遍尋充電器和插座。你若不想因大排長龍而延誤班機，應該提早抵達機場進行 check-in 與通關。

句中的 onboard 是副詞「在飛機（船、車）上地」，它的動詞 board 是「登上（飛機、船、車）」。登機門是 boarding gate，而登機證是 boarding pass。

The traveler may also undergo additional screening.
（攜帶這些裝置的）旅客需接受額外的安全檢查。

screen 可以當名詞的「螢幕」，也可以當動詞的「篩選」，在此則衍生為「檢查、審查」的意思，意謂攜帶意圖不明物品的旅客將被隔離訊問。你在暑期出國旅遊、或是在商務旅行的途中，機場公告的相關規定要能看懂，以避免不必要的麻煩。

這 3 句有關機場安檢的新規定中，最重要的應該是 device 這個字，它是職場與多益測驗的核心字彙，表示「裝置、設備」，其他幾個極常用的裝置、設備則是：appliance、apparatus、equipment、gadget。

✎ 舉例

This type of blender is a practical household device.

這種果汁機是很實用的家用裝置。

馬上練習｜多益模擬考

快來試一試《多益測驗官方全真試題指南》的題目：

By the time the magazine article on home security devices _____ on the newsstands, the pricing information was already outdated.

（A）appears　（B）appeared　（C）will appear
（D）appearing

📄 解析

本題的正確答案是（B）。解題的主要關鍵是句中的時態「was already outdated」，它是過去式，表示這件事發生在過去，而四個答案中只有（B）是過去式動詞，因此為正解。此外，by the time 可視為 before。最值得一提的，句中的 security devices（安全設備），除了 device 是「裝置、設備」之外，security 也很重要，是指「安全」、「保障」，以及「保全人員」，在前文的 3 句機場新規定裡，它就是指「安檢」。本題意思為：「在報導居家安全設備的雜誌文章上架前，關於價格的資訊早就過時了。」

41

出差旅遊最怕「壞天氣」影響航班

出國第一個關卡就是機場，近年來全球天氣異常，歐美的暴風雪，或者台灣常見的颱風都會影響班機起落，於是天候因素導致延誤時，就要能看懂機場即時通知。

在 2016 年 1 月底，北半球遭遇到百年以來罕見的大暴風雪，各地航班陸續停駛。此時，登入機場網站，例如紐約市拉瓜迪亞機場的網站，可以看到公布訊息如下：

Adverse weather conditions have caused disruptions in flights to and from LaGuardia Airport. Please check with your airline to determine if your flight is affected.
不利的氣候條件造成進出拉瓜迪亞機場的航班中斷。請詢問您的航空公司，以確定航班是否受到影響。

僅僅這兩句英語，就有許多職場與多益測驗的核心單字，值得一學。首先，adverse weather conditions 是指「不利的氣候條件」或是「惡劣的氣候條件」，其中的 adverse 尤其重要。

adverse

adverse 讀作 [æd`vɝs]，是形容詞，指「不利的、有害的」，加了字尾

ary 的 adversary 是它的衍生字，指的是「敵手、敵人」，因為不利於你，所以是你的敵人。此字的字根 vers 有「轉」的意思。從「轉」的字義來記這個字也很有趣，試想，面向你的人是你的朋友，「轉」身拂袖而去的，就是你的敵人。

如果你想要更上一層樓，不妨再學一個 adversity，從字尾 ity 不難看出它是一個名詞；沒錯，它是指「逆境、患難、厄運」，也與「不利」或「有害」相關。

舉例

A brave person smiles in the face of adversity.
勇者微笑面對逆境。

disruption

disruption 有「中斷、擾亂、打亂、混亂」之意。在會議進行中，如果忽然停電、或是投影機故障，甚至是有人來鬧場而造成會議中斷，都可以用 disruption；其動詞是 disrupt。

舉例

The flight attendant strike caused major disruption in the airport.
空服員罷工使機場受到嚴重影響。

Telephone service was disrupted because of the earthquake.
地震使電話中斷。

如果你學會了「不利的氣候條件」是 adverse weather conditions，那以下這題多益測驗題就肯定難不倒你：

The snow storms in the southern states could ＿＿＿ affect the profits of many famous coffee manufacturers.

（A）adverse　（B）adversity　（C）adversary　（D）adversely

🗒 解析

全文意思為：「南部各州的暴風雪對許多著名咖啡生產者的利潤會造成影響。」既然是暴風雪，又會造成影響，可見一定是負面與不利的影響，所以要用一個副詞來修飾一般動詞 affect。這 4 個答案，只有答案（D）是字尾 ly 的副詞，所以正確答案是（D）。

（A）是形容詞「不利的、有害的」、（B）是名詞「逆境、患難」、（C）是名詞「敵手、敵人」，三者皆不符。

part**4**
小主管篇

Step9

Step10

Step11
出差
洽公

No. **42** 客戶約 Rain Date，可不是雨天約會

談論「天氣」是你與外國客戶打開話匣子的好方法，但是天氣也是影響職場活動的重要因素，例如大風雪影響商務旅行、酷熱造成停工等等。以下介紹幾個同時與天氣及國際職場有關的特殊名詞：

rain check ／ rain date

rain 是「雨」，但是 rain check 可不是泡了雨水的支票，它可以概稱為「貨到優先購物憑單」。例如你去賣場購買某樣特價商品，但是店員告訴你貨品銷售一空，已無存貨。店家為了不讓你失望，便給你一張憑單，等補貨之後你可以優先承購。有趣的是，take a rain check on something 如今已演變成口語「改天再說」的意思。

✎ 舉例

Can I take a rain check on that?
我們改天再說那件事，行嗎？

同理，rain date 也不是「下雨天」，而是指下雨順延的「後備日期」。

✎ 舉例

The employee picnic will be held on Tuesday, March 20 at 10:30 A.M. in the backyard outside the restaurant. The rain date is Monday, March 26.
員工野餐活動將在 3 月 20 日星期日早上 10：30 於餐廳外的後院舉行。遇雨則順延至 3 月 26 日星期六。

heatwave ／ heater

近幾年的夏天越來越燥熱，2015 年更是地球氣溫最熱的一年，有些國家甚至發生熱浪造成多人熱死的災害。

熱浪的英語說法是 heatwave，是指某段酷熱的時期。hot 是形容詞「熱的」，而 heat 是名詞或動詞；wave 是「波、波浪、浪潮」，例如微波爐是 microwave，因此 heatwave 就是「熱浪」之意。

說到 heat 這個字，大家都知道冷氣機是 air conditioner，但是許多人不知道「暖氣機」就叫做 heater，它其實是把動詞 heat（加熱）加上了表示「物」的字尾 er 而成。

part **4**
小主管篇

Step9

Step10

Step11
出差
洽公

✎ 舉例

Would you please turn on the heater?
可以請你把暖氣打開嗎？

They've encountered the worst heatwave, and many shops were closed due to the hot weather.
他們遭逢最險惡的熱浪，而且許多商店都因天氣酷熱而暫停營業。

Our heating system is getting old.
我們的暖氣系統越來越老舊了。

depression

在職場裡，depression 最重要的用法是指「蕭條、不景氣」，此外，它亦指「憂鬱症」。然而，depression 尚有一個與「天氣」話題有關聯的字義，指的是「低氣壓」。

The weather bureau is monitoring a tropical depression that formed in waters east of the Philippines.

氣象局監測到菲律賓東方海域有熱帶性低氣壓，未來可能會形成颱風。

馬上練習 | 多益模擬考

天氣的相關話題時常出現在多益測驗題裡，有時還可能是在聽力部分。請看以下《多益測驗官方全真試題指南》例題：

考題 1

A：It's uncomfortably warm in here today.

B：_____.

　（A）Yes, I can come here on Tuesday.

　（B）You can warm it in the oven.

　（C）It's been hot all week.

解析

本題的正確答案是（C）。在英文的天氣用語裡，cold（寒冷）的相對詞是 hot（燥熱），而 cool（涼爽）的相對詞是 warm（溫暖）。題目中的 uncomfortably warm 應該是指「空氣很悶」或是接近 hot。以答案（C）的「這星期都很熱。」（不是只有今天），最為貼切。

選項（A）中的 Tuesday 是題目中 today 的「相似混淆音」，因為兩個字都有 [de] 的聲音。當你在聽力測驗的壓力下，注意力往往會跟著一個你剛才聽過的相似音，因而誤選。（B）中的動詞 warm 亦是同理，

它是題目 uncomfortably warm 中與 warm 的相似混淆音，所以（A）、
（B）都是干擾答案。

考題 2

A：When's the rain supposed to stop?

B：_____.

　　（A）I'm going to buy one.

　　（B）I think it was.

　　（C）Sometime this afternoon.

📄 解析

本題的答案是（C）。多益測驗在聽力部分的 Part 2 應答問題，作答技巧之一是要確實聽到 W ／ H 問句裡的第一個字，因為題目問的究竟是 Who（誰）、When（何時）、還是 Where（哪裡），可是天差地遠。

本題的關鍵就在你有沒有聽到與時間有關的 When，如果沒有聽清楚這個字，誤選的機率很高，如果有聽到題目問的是 When，而只有答案（C）關乎時間，那你答對的機會就大大的提升了。

值得一提的是，本題的 be supposed to 是重要片語，有「應該……」或「應該是……」之意。此外，sometime 是指「某一時間（點）」，字尾多了一個 s 的 sometimes 是指「有時候」。而 some time 是指「一些時間」，字尾多了一個 s 的 some times 則是指次數的「數次、好幾次」，需留意當中的差異。

part**4**
小主管篇

Step9

Step10

Step11
出差
洽公

飛安問題是當個空中飛人、時常得要出差的你，必須多留意關心的。尤其出國在外，一般飛機上的通用語言，還是以英文為主。接下來就以多益情境題，讓大家學習搭機安全的常識與英文說法。

登機前的注意事項

1.Wear long pants, a long-sleeve t-shirt, and sturdy, comfortable, lace-up shoes

盡量穿著長褲、長袖 T 恤與堅固、舒適、綁鞋帶的鞋子

長袖、長褲可以保護皮膚不被立即燒傷（burned），棉質（cotton）或羊毛（wool）尤佳，因為這兩種材質比較不易著火。

尼龍（polyester，又翻成「聚脂纖維」）材質就不太妙了，易燃（flammable）又容易黏在皮膚上（stick to your skin）。讓人跑不快的衣著，如西裝、窄裙（tight skirt）、涼鞋（sandals）、夾腳拖（thongs）與高跟鞋（high heels）也都不是好選擇。

✍ 舉例

Even though you'll go straight to a meeting after your arrival, you should not wear suits on the plane for safety reasons.
儘管妳到達後就要立刻趕去開會，但在飛機上還是不要穿套裝，以策安全。

2.Book the right seats

訂好位子

所謂「好位子」是指靠近逃生門的位子（seats close to the emergency exits），而靠走道的位子（aisle seats）又優於靠窗的位子（window seats）。還有一種說法是機尾的位子優於機頭的位子，這是假設失事時機頭著地較多，但許多人對此存疑（skeptical about it）。

📝 舉例

Rich as he is, Ralph never flies first class because those seats are the nearest to the nose of the plane.

有錢如羅夫，他也從來不坐頭等艙，因為那些位子最接近機鼻。

登機後又該注意什麼？

3.Read the safety information card and pay attention to the pre-flight safety speech and demonstration.

熟讀安全資料卡，並注意聆聽起飛前的安全講解與示範。

大部分安全資料卡都以圖解（illustrations）取代文字，所以易懂。由於飛機機種不同，因此逃生門位置也不同，需要特別注意。

📝 舉例

Sandy always looks for emergency exits and begins to plan escape routes when she gets on a plane.

珊蒂一上飛機，總是先找逃生門與規畫逃生路線。

這位珊蒂如果是華人，搞不好會被說她觸霉頭（call her a jinx），但不怕一萬，就怕萬一。不想犯眾怒（offend other passengers），低調一點（be subtle）就是了，但該做的還是要做。

此外，數據統計顯示，起飛後的 3 分鐘與降落前的 7 分鐘是飛機最容易出事的時間（the time the plane is most prone to an accident），所以在這兩段時間要格外警覺（be vigilant）。

4.Keep the seatbelt securely fastened at all times.

隨時繫緊安全帶。

萬一發生事故，切記不要驚慌

5.Brace yourself for impact.

準備衝撞。

impact 是用來描寫「猛烈撞擊」的字，例如彗星撞地球之類的也是用這個字。brace oneself 是片語，意思是「對壞狀況做好心理準備」，所以迫降（crash landing）前的準備姿勢就稱為 brace position。

基本上 brace position 就是：座位前後距離短時，頭貼前座靠背但以手護臉或後腦；座位前後距離長時，身體前傾（lean forward）貼緊大腿（lap）兩種。

✍ 舉例

A: Oh my God, we're going to crash! What should I do?
天哪，我們要墜機了！我要怎麼辦？

B: Don't panic. Bend down and take the brace position. Cover the back of your head with your hands.
別慌！彎下腰去做好衝撞姿勢。用雙手掩住你的後腦。

6.Put on your oxygen mask.

戴上氧氣面罩。

各機型的氧氣面罩存放位置不同，登機後要特別注意安全卡上的說明。

7.Protect yourself from smoke.

保護你自己不要嗆傷。

萬一墜機起火燃燒，濃煙（thick smoke）是有毒的（toxic），所以要用布掩住口鼻（cover your nose and mouth with cloth），並盡量不要大口呼吸。如果可能，先把布弄濕，防煙效果更佳。

✐ 舉例

The firefighter choked to death in the warehouse fire because of the toxic smoke.

這位消防隊員在倉庫火災中遭毒煙嗆死。

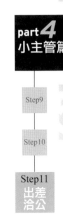

8.Get out of the airplane as quickly as possible.

盡速逃生。

根據專家說法，飛機墜毀後，只有 90 秒時間逃出機艙（cabin），因為一旦起火，冒出的濃煙會讓逃生變得困難重重。

✐ 舉例

A: Where are you, Sara?

莎拉，妳在哪兒？

B: Wait for me! I'm reaching for my bag.

等我！我在搆我的包包。

A: Forget your luggage! We only have 90 seconds to get out of here!

不要拿行李了！我們只有 90 秒時間逃生啊！

到了飯店想客訴，BBC 教你這樣說有效又禮貌

出差是練習英文最好的機會，在國外旅館裡，如果發現洗澡沒有熱水，或是洗手間沒有衛生紙、房間裡少了拖鞋，要如何用英文向旅館人員進行客訴是一門學問。

本篇文章引用 BBC 官網的「English Learning」單元，教我們「客訴」時的措詞與技巧。

首先，「客訴」是要向店家抱怨所產生的問題，也就是 complain 這個字，它的名詞是 complaint。英國人素以紳士風度聞名，所以 BBC 建議如果希望問題能確實解決，那麼「客訴」最好採取 effectively and politely（有效地與客氣地）的方式。

BBC 建議，不要劈頭第一句就以質問的口氣說出你的問題，例如：「Why there is no hot water in the bathroom?」（為什麼浴水沒有熱水？）或是「Why don't you offer slippers in the room?」（為什麼房間裡沒有拖鞋？）取而代之的是先非常簡短地提一下問題的背景，並做一個簡單的敘述——tell a little story，這裡的 story 不是「故事」，而是「敘述、描述、由來」之意。

✎ **舉例**

I checked into the room on the 4th floor just a few minutes ago. I was desperately thirsty and the mini-bar is empty.

我在幾分鐘前入住四樓的房間。我渴極了，但房間內的迷你吧台上是空的。

前兩句中，真正的問題是 the mini-bar is empty，前面的 I checked into the room on the 4th floor just a few minutes ago 與 I was desperately thirsty 是描述的部分。

或者你可以這麼說：

✎ 舉例

I was trying to make a cup of tea, but the kettle isn't working.
我準備要泡杯茶，但是茶壺不能用。

上句中，真正的問題是 the kettle isn't working，前面的 I was trying to make a cup of tea 是描述的部分。BBC 把這樣技巧稱為 Don't tell the problem straight away. 也就是不要馬上說出問題。

接下來，BBC 建議在措詞上如果改用 seem 這個字，感覺上會更客氣：

✎ 舉例

The kettle doesn't seem to be working.
茶壺似乎不能用。

seem to 在英文裡是「似乎、看起來好像」的意思。用 seem 表示很客氣，不立刻把錯誤歸咎於對方，有可能是自己不會使用或使用不當，所以說「茶壺『似乎』不能用」，這樣的語氣很溫和（soft）。所以「房間裡沒有拖鞋」可以用溫和的語氣說：

✎ 舉例

I can't seem to find any slippers in the room.
我似乎找不到房間裡的拖鞋。

There seem to be no slippers in the room.

房間裡似乎沒有拖鞋。

除了用 seem to，BBC 建議也可以使用 appear to，因為 appear 也是「似乎、看起來像」。它平常也有「出現、顯露」的意思。

🖊 舉例

There don't appear to be any slippers in the room.

房間裡看起來像是沒有拖鞋。

The hot water doesn't appear to be working.

熱水看來像是不能用。

There appears to be a problem with the kettle.

茶壺看起來像是有問題。

馬上練習 | 多益模擬考

如果你對 BBC 的建議已經心領神會，那以下《多益測驗官方全真試題指南》的題目就難不倒你了：

According to an informal survey, the sales goal set by the management team seems _____ to most of the staff.

（A）realist （B）realism （C）realistic （D）realistically

📄 解析

本題的正確答案是（C），解題的關鍵字就是空格前的 seem。seem 雖

然可接形容詞、不定詞、名詞以及子句，但是最常看到的是後面接形容詞當補語，表示「似乎如何」，用法要看前後文。在本題中，主詞是「管理團隊所設定的銷售目標（the sales goal set by the management team），「似乎是實際可行的」，要用形容詞當補語，所以（C）的形容詞 realistic 為正解。

選項（A）是現實主義者，選項（B）是現實主義，選項（D）是副詞，在此不會修飾 seem，所以皆不符。本題意思為：「根據非正式調查，管理團隊所設定的目標，對大多數的員工而言，似乎是實際可行的。」

出差小辭典 1 早餐的水煮蛋、炒蛋、水波蛋怎麼點？

「每天都要吃早餐」，漢堡、奶茶、蘿蔔糕，光是在台灣的早餐選項就多不勝數，到了國外，早餐樣式也同樣多元。同一食材，光是一顆蛋的煮法就相當多變，不同國家也有不同搭配吃法。想知道各地不同的早餐組合、英文名稱、如何吃嗎？如果不會，趕快記住本篇就對了！

用餐細節

waiter ／ waitress（服務生）　　menu（菜單）　　order（點餐）

vegetarian（素食者；素食的）　　meal（餐點）

appetizer ／ starter（前菜）　　side order（附餐）　　serving（分量）

beverage（飲料）　　check ／ bill（帳單）　　tips（小費）

早餐型式

Continental Breakfast, CBF 歐陸式早餐：早餐只有麵包、果醬、奶油，及一杯咖啡、或果汁，沒有熱食。

American Breakfast, ABF 美式早餐：種類多元，有麵包、可頌、鬆餅，還附帶培根、火腿、炒蛋等熱食，以及種類多樣的咖啡、牛奶或果汁。

Buffet Breakfast, BBF 自助式早餐：顧名思義，屬於將各式早餐放置於吧檯供客人自取。

Brunch 早午餐：用餐時間較晚的早餐，歐美的餐廳與飯店經常會在週

末兩天提供，有的餐廳更是每天都有。

早餐選項

主食：

pancake（美式鬆餅）　　belgian waffle（有格子的比利時鬆餅）

french toast（法式吐司）　　croissant（可頌）

english muffin（滿福堡）　　bagel（貝果）　　biscuit（比司吉）

sandwich（三明治）　　whole-grain bread（全麥麵包）

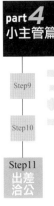

part4
小主管篇

Step9

Step10

Step11
出差
洽公

肉類：

bacon（培根）　　ham（火腿）　　sausage（香腸）

suasage links（義大利香腸）

蛋的煮法：

fried（煎蛋）　　scrambled（炒蛋）　　poached（水波蛋）

boiled（水煮蛋）　　omelet（煎蛋捲）　　egg benedict（班尼迪克蛋）

soft boiled（溏心蛋）　　sunny side up（只煎一面的荷包蛋）

over easy（兩面煎熟、但中間蛋黃沒熟的荷包蛋）

over hard（全熟荷包蛋）　　shirred（烤蛋，法式餐廳較常見）

馬鈴薯：

boiled（水煮馬鈴薯）　　french fries（薯條）

mashed potato（薯泥）　　hash brown（薯餅）

蔬菜：

mushroom（蘑菇）　　onion（洋蔥）　　tomato（番茄）

green pepper（青椒）　　green onion（蔥）　　carrot（紅蘿蔔）

醬料：

cheese（起司）　　strawberry Jam（草莓果醬）

blueberry Jam（藍莓果醬）

飲品與麥片：

cereals Milk（牛奶麥片）　　yogurt（優格）　　coffee（咖啡）

orange Juice（柳橙汁）　　cereal（麥片）　　cornflakes（玉米片）

oatmeal（燕麥片）　　granola（多種穀類及乾果製成的麥片）

點餐重點 3 句話

What do you have for today?

今天有什麼餐點？

What do you recommend?

你有何建議？

I need a few more minutes.

我需要多一點時間決定。

國外客房與餐飲的基礎搭配

通用國際間的配套代碼，包含以下 7 種：

European Plan, EP：只住，無附帶任何餐點。

Continental Plan, CP：住宿，並附帶歐陸式早餐。

Bermuda Plan, BP：住宿，住宿含美式早餐。

Full-Pension, FP：住宿，並附帶歐陸式早餐、早餐與晚餐。

American Plan, AP：住宿，並附帶美式早餐、午餐與晚餐。

Modified American Plan, MAP：住宿，並附帶美式早餐與晚餐。

Demi-Pension, DP：住宿，並附帶歐陸式早餐，及午餐、或晚餐。

出差小辭典 2 想喝氣泡水、礦泉水怎麼點？

「喝水」是多麼簡單而微不足道的事，但是對於身處異地、不會說英語的人來說，卻可能困難重重。當你想要客氣地向餐廳服務生、飛機上的空服員，或是辦公室裡的助理要一點水解渴的時候，你可以說：

May I have some water, please?
請問，我可以要一點水嗎？

在中式餐廳裡，通常服務生會主動給客人一杯茶或是水，但是在西方人的餐廳裡，是不會主動提供「水」的，因此你要熟悉這一句話。

如果你需要水來吞服藥品的話，你可以補上一句：「I need some water to take my tablets.」（我需要一點水來服用我的藥片。）而藥丸除了用 tablet 之外，也可以用 pill。

在國外的餐廳裡，水通常是要收費（charge）的！如果是「免費」的水，那應該是水龍頭裡流出來的「自來水」（tap water），很多國家的自來水是可以生飲的，他們也很習慣喝「自來水」。

在餐廳裡，等級最高、最貴的水應該是「礦泉水」，其字彙是 mineral water。英語中的「礦物」是 mine，讀作 [maɪn]，但是礦泉水的 mineral 是形容詞，要讀作 [ˋmɪnərəl]，兩者母音稍有不同。

至於「氣泡水」是 sparkling water。sparkle 是液體中發出來的氣泡，例如製酒過程中發出來的泡沫。而 still water 指的是「不含氣泡的水」。still 在此可不是「仍舊、還」，而是形容詞「靜止的」，表示靜止而不起氣泡的水。

除了礦泉水（mineral water）、氣泡水（sparkling water）、不含氣泡的水（still water）之外，有些餐廳會提供 distilled water，這是「蒸餾水」；所以當餐廳的服務生說：「We have distilled water, and there will be a charge.」意思是「我們有蒸餾水，而且會收取費用。」

✎ 舉例

Who is in charge of this department?
這個部門由誰負責管理？

我們常說：「天下沒有白吃的午餐」，在歐美國家的餐廳裡則是沒有「白喝的水」，那些水可都是要收費的喔！

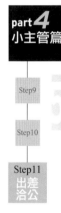

part **4**
小主管篇

Step9

Step10

Step11
出差
洽公

part

經理篇

5

英文裡有句俚語是:「It's all Greek to me.」意思是「我聽不懂,因為聽起來如希臘文一般難懂。」希臘債務危機舉世矚目,幾個常聽到的詞彙,很容易在與國際客戶談話的內容中出現。

2015 年上任的希臘總理齊普拉斯(Alexis Tsipras),與歐盟債權國談判對峙。歐盟諸國對他頗為感冒,但是齊普拉斯卻以希臘公投的險棋,宣稱民主勝利,並得到談判籌碼。談判的相關英文用字:讓步、妥協、困局、紓困、違約、撙節、年金,在此次希臘危機中都可以一次學完。

1 concession 讓步

concession 讀作 [kən`sɛʃən]。希臘公投結果一出,財政部長立刻宣布辭職,外界認為,這是希臘總理齊普拉斯對歐盟債權國的讓步。

✏ 舉例

Greek finance minister resigns in concession to creditors after referendum.
希臘財政部長在公投後辭職,向債權國讓步。

2 compromise 妥協

希臘總理齊普拉斯所發動的公投,被認為是拆毀希臘與歐盟邁向妥協

的最後橋梁。compromise 讀作 [`kɑmprə͵maɪz]。

📎 舉例

Tsipras has torn down the last bridges that could move Europe
and Greece towards a compromise.
齊普拉斯拆毀了與歐盟妥協的最後橋梁。

This solution is the ideal compromise between the marketing team
and the production department.
這個解決方案是行銷團隊與生產部門之間理想的妥協。

3 dilemma 困境，進退兩難

有媒體認為，希臘公投的結果使希臘與歐盟的困局更難解。dilemma
讀作 [də`lɛmə]。

📎 舉例

Greek voters create a dilemma Europe cannot solve.
希臘的公投選民製造了一個歐洲無法解決的困局。

4 default 違約

違約、不履行債務是 default，讀作 [dɪ`fɔlt]，說得更簡單一點，就是
倒債、不還錢。國際貨幣基金組織（IMF）證實希臘政府債務違約，也
就是倒債 15 億歐元，近台幣 520 億元。

📎 舉例

If Greece defaulted on its debt and exited the Eurozone, it could
create global financial shocks.
要是希臘債務違約並且離開歐元區，可能引發全球金融衝擊。

part 5
經理篇

Step12
商務
談判

Step13

Step14

The company is in default on the equipment loan.

這家公司拖欠設備的貸款。

5 pension 年金

年金是 pension，也就是我們所謂的「退休金」，讀作 [`pɛnʃən]。希臘優渥的公務人員退休金，是拖垮政府財政的主因之一。不管是企業或公家單位，退休金或年金都是國際職場的共同話題。

✎ 舉例

52 percent of households in Greece say pensions are their most important source of income.

52% 的希臘家庭說：退休金是他們最重要的收入來源。

A pension may need to support you for 20 years or more after you retire.

你的退休金可能要支應多達 20 年的退休後生活，甚至更久。

6 bailout 紓困

國際債權人眼見希臘欠債不還，於是提出「紓困」方案，但希臘總理竟說「紓困方案」是對希臘人的羞辱。「紓困」一字，就是 bailout，讀作 [`beɪˌaʊt]，原本是指經濟上的緊急援助，亦寫作 bail-out。希臘政府甚至將「是否接受紓困」作為公投題目，在 2015 年 7 月 5 日舉行公投（referendum）。

✎ 舉例

Greece has voted by a big margin against Europe's latest bailout offer.

希臘以很大的差異，投票反對歐盟最近的紓困提案。

The company needed an emergency bank bailout.
這家公司亟需銀行提供緊急融資紓困。

7 austerity 撙節

國際債權人之所以提供希臘紓困計畫，其條件就是希臘政府必須「撙節」，要約束、節省，也就是要進行提高稅收、減少各項預算與社會福利經費等公共支出。「撙節」的英文字是 austerity，讀作 [ɔ`stɛrətɪ]，意思是 showing strict self-control，意思是「展現出嚴格的自我控制」。希臘過去幾年已在撙節，人民感到痛苦、不自由，又沒有尊嚴，紛紛上街「反撙節」（anti-austerity）。

✎ 舉例

Across Europe, austerity measures were put in place in 2010 as part of the bailout during the recession.
整個歐洲在 2010 年的蕭條期，設置了撙節措施作為紓困計畫的一部分。

They used various austerities to make their money last longer.
他們多方厲行節約，以便錢能維持得更久。

掌握違約（default）、紓困（bailout）、撙節（austerity）、年金（pension）這四個關鍵字，相信你在希臘債務危機（debt crisis）的議題上，必能吸收資訊以及發表己見。否則外國客戶不論是用英文還是希臘文與你溝通的時候，你只能說：It's all Greek to me!

promise 與 premise

在學 compromise 的同時，也該認識 promise 與 premise 這兩個字。

promise 的字彙結構是 pro+ mis（e），其中的 mis 在英文是很重要的字根，有「send（送出）」的意思。而字首 pro 有「before（在～之前）」的意涵，pro 與 pre 都是此種字首，最典型的例子是 preview，它是「預習、預告」，view 是「看」，在之前先看也就是預習和預告。

promise 的字根是「送出」，配上表示「之前」的字首，因此這個字表示「送出之前」，東西要送出去之前，首先要得到答應與允許，所以它是「答應、允諾」。

✎ 舉例

The chairperson promised a pay raise to all employees.

總裁允諾為所有員工加薪。

premise 是我們所知道的「前提」，它的字彙結構也是 pre + mis（e）。東西送出去之前，會有「前提」，這是 premise 這個字義的由來。

✎ 舉例

The idea that exercise is important is the premise of the book.

運動很重要這一觀點是這本書的前提。

在多益測驗裡，最重要的是 premise 的複數型 premises，它有一個重要的字義是指「營業場所」。如果它在多益測驗的閱讀部分出現時，你可不要把它誤會成「前提」的複數。

✎ 舉例

Alcohol may not be drunk on the premises.

本營業場所內不得飲酒。

考題 1

Eurozone finance ministers refused to negotiate any more aid
_____ the referendum clears up what Greek voters want.

（A）either　（B）even　（C）despite　（D）until

解析

本題的正確答案是（D）。空格前後分別是兩個完整的句子：
「Eurozone finance ministers refused to negotiate any more aid.」
與「The referendum clears up what Greek voters want.」既是句子，所以要用連接詞來連接兩句。4 個答案選項中，只有選項（D）的 until（直到）是連接詞，所以（D）為正解。

選項（A）是「兩者之中任一」，為形容詞或代名詞。選項（B）是甚至，為副詞。選項（C）是雖然，為介系詞，三者皆不符。

本題意思為：「在希臘公投釐清希臘選民們到底要什麼之前，歐元區的財務部長們拒絕對更多的援助進行談判。」

part**5**
經理篇

Step12
商務
談判

Step13

Step14

考題 2

The new premier declined to _____ on the sovereignty of the
disputed islands during a press conference.

（A）compromised　（B）compromise　（C）compromising
（D）compromises

解析

正確答案是（B）。本題意思是：新首相在記者會上拒絕在爭議的島嶼主權上妥協。decline 是「拒絕」，後面只要接上不定詞 to 與原形動詞即可。許多讀者會以為本題是在測驗後接動名詞的動詞而誤選（C）。

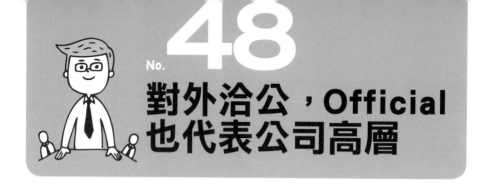

企業談判中常需要與官員溝通、協調，也會有公開談話的場合，這時
如何稱呼對方格外重要。除此之外，所有談判對話內容，都會詳細記
錄在備忘錄，或被公開在新聞稿中，一旦出錯可不只自己丟臉，連公
司形象也賠上了。

現在就以 2014 年台海兩岸在南京會談為例，當時國際媒體的新聞標題
如下：

China and Taiwan hold first official talks.
中國與台灣在南京首次正式會談。

標題裡的 official talks 是「正式會談」，official 是「正式的」。英語字
彙的 official 這個字有 3 個重要字義。首先，它當形容詞的時候，是指
「正式的」，因為很正式，所以第二它有「官方的」之意。除了形容詞
的用法之外，它還可以用於名詞的「官員」。請看以下 3 個用法的例句：

✐ 舉例

The official opening of this shopping mall will be on Christmas.
這家購物中心將在聖誕節正式開幕。

Can you get the official statistics about the event?
你能拿到這個事件的官方統計數字嗎？

Some government officials were present in the meeting last week.
一些政府官員上週出席了這個會議。

值得一提的是，official 用於「政府官員」時，多半用於「文職」的政府官員；相對地，具有「武官」身分的政府官員要用 officer，例如軍官是 military officer、警官是 police officer。

在這次南京會晤上，因為與會人陸委會主委王郁琦是以政府官員身分參加，因此我們可以看到 official 這個字的 3 種用法，在媒體上出現：

The United States welcomed the historic meeting between Taiwan and China's two top officials responsible for cross-strait affairs.
美國歡迎台灣與中國雙方負責兩岸事務最高官員的歷史性會面。

Two foundations were set up in the early 1990s so the two sides could begin talks without "official" contacts.
海協會與海基會在 90 年代初期設立，所以台海雙方可以在沒有官方接觸的情況下進行對話。

official 在國際職場上還有一個應用，是指公司的「高級職員」，其用法應該是源自於這種公司高層人員具有代表公司的身分。

馬上練習｜多益模擬考

以下《多益測驗官方全真試題指南》中的考題，如果上述你都理解了，這題肯定難不倒你：

Because the packing machines _____ break down on the assembly line, factory officials have decided to replace them.
（A）repeat　（B）repeatedly　（C）repeated　（D）repetition

解析

本題的正確答案是（B），要以一個副詞來修飾一般動詞 break down，所以選 repeatedly（重複地、反覆地）。題中的 factory officials，指公司裡的高階、高層人員。

本題意思為：「由於裝配線的包裝機一再發生故障，工廠高層已經決定撤換。」

Industry 不只是工業，也是產業

國際談判或擬定合約的用字遣詞務必精準，只要一個字弄錯，差之毫釐、失之千里，甚至可能會引起大誤會。接下來，我們就用連政府官員都搞錯的 industry 這個字，來提醒自己英文談判的重要性。

事件緣由是食品大廠南僑疑似向澳洲進口工業用牛油，遭衛福部「預防性下架」。經過澳洲駐台辦事處澄清，南僑是因為報關文件疏失，才導致這場烏龍事件。

For Industry Use

當時衛福部官員在南僑向澳洲進口牛油的文件上，看到了底下列 For Industy Use，初步判定南僑的油品乃「供工業使用」之牛油。

澳洲駐台辦事處發表聲明，指「For Industry Use」的 industry，在此是指「產業」，而非「工業」，因此它是指「供產業之用」，而非「工業用」。

各家字典怎麼說

在牛津字典中載明：industry 是「the production of goods from raw materials,

part 5
經理篇

Step12
商務
談判

Step13

Step14

especially in factories」，意思是「從原料生產製造成貨品，特別是在工廠裡製造」。

朗文字典指出：industry 是「the large-scale production of goods or substances such as coal and steel」，意思是「貨品或物質的大規模生產，諸如煤礦與鋼鐵」。

韋伯字典上：industry 是「any large-scale business activity」，意思是「大規模的商業活動」。

從以上具權威性的英文字典解釋來看，industry 除了是「工業」的意思之外，它還有「產業」、「製造業」之意，而且指大量生產。

因此澳洲駐台辦事處證實，For Industry Use 是指「供產業或製造業使用」之意，替南僑公司背書這批進口牛油是供生產製作產品之用。並且補充說明：讓外界誤會的「供工業使用」的說法不是 For Industry Use，而是 For Industrial Use。

Industrial 怎麼解釋？

industry 是名詞，讀作 [ˋɪndəstrɪ]，重音在第一音節；industrial 是形容詞，讀作 [ɪnˋdʌstrɪəl]，重音在第二音節，兩者應加以區別。

在英文字典裡，形容詞的 industrial 是 having to do with industry，意指「與 industry 有關的」，例如「工業革命」是 Industrial Revolution、「工業用酒精」是 industrial alcohol。industrial 的字尾 al 是常見的名詞或形容詞字尾，有「和～有關」或「像～」之意。

✏ 舉例

deny（v.）否認→ denial（n.）否認

post（n.）郵政→ postal（adj.）郵局的、郵政的

在職場與多益測驗裡，你除了要會用名詞的 industry（工業、產業）與形容詞的 industrial（工業的、供工業用的）之外，想展現職場溝通力，你還要學另一個相關的英文單字：industrious，讀作 [ɪn`dʌstrɪəs]。它是 industry 配上形容詞字尾 ous 而成，字義是「勤奮的、勤勞的」。如果要生產製造，當然要勤勉勞動。

馬上練習 | 多益模擬考

A growing _____ in the cosmetics industry is the use of natural and organic ingredients.
（A）product （B）scent （C）sale （D）trend

解析

本題的正確答案是（D）。解題的關鍵字是 growing（增加的），以「trend（趨勢）」最吻合全句。（A）是產品、（B）為香味、（C）是銷售，皆不符。
句中「化妝品業」的 cosmetics industry 之中，industry 即為我們前述的「工業、產業、製造業」。本題意思為：「化妝品業逐漸增加的趨勢是使用純天然與有機的原料成分。」

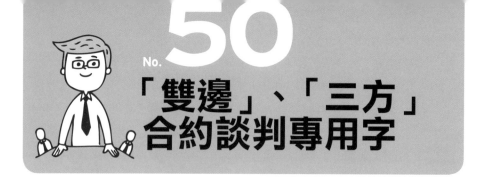

談判會議與合約中，都會有強調「各方」的字眼，這種正式的說法常在國際新聞中看到。就拿釣魚台事件來說，其主權問題一直是備受爭議的話題，國內外媒體高度關注這件事，因此，我們可以從這些相關新聞來學習談判專用詞彙。

在日本將釣魚台「國有化」後，台灣與中國元首紛紛公開宣示，提出警告。一個小島，卻牽動台、日、中三方的政治情勢。一份英文報紙的標題這麼寫著：

Ma seeks trilateral Tiaoyutais dialogue
馬英九總統（Ma）尋求釣魚台問題（Tiaoyutais）的三方對話

這個三方，指的就是台、日、中三方。trilateral 一字，常見於合約中。

我們平常在職場上看到「單方面的」或「雙方面的」這樣的字眼。例如，事情與甲、乙兩家公司有關時，任何一方是「單方面」；關乎兩方則是「雙方面」。這「單方面的」的英文是 unilateral，「雙方面」的英文則是 bilateral。

字首 uni 是指一（one）。uni 開頭的字首有很多，例如 unique 是「獨特的」、unicorn 是獨角獸、uniform 是制服。

字首 bi 是指二（two）。腳踏車 bicycle，因為 cycle 是「循環」，而腳踏車的 bicycle 是指兩個循環的輪子；recycle 是循環再用的「回收」。

現在的幼稚園都流行「雙語的」教學，英文是 bilingual。每個星期一次的是 weekly，但是每兩個星期一次的是 biweekly。同理，每兩個月一次的是 bimonthly。

✏ 舉例

Although the bilateral talks were held last week, they will be forced to take unilateral action tomorrow.

雖然上星期舉行過雙邊談判，但明天他們將被迫採取單邊行動。

如果你常見到上述的 unilateral 與 bilateral 二字，你又知道三角形是 triangle 的時候，那麼你應該不難猜出「trilateral」是指「三方的」，因為英文中的字首 tri 是指三（three）。

part 5
經理篇

Step12
商務
談判

Step13

Step14

英文字裡有字首 tri 的常用字有很多，例如：許多網站的網址是 www. xxx，你會聽到別人說「triple w dot …」，意指有三個 w；這個 triple 是指三倍的、三重的，字首是 tri。

國際大導演喬治・魯卡斯（George Lucas）拍的《星際大戰三部曲》（Star Wars Trilogy），這三部曲的 trilogy 也有字首 tri。已知三角形是 triangle，而英文裡的 pod 有「腳」的意思，所以 tripod 是指「三腳架」或「三腳凳」。我們都知道獨奏是 solo，那不妨學一下「三重奏」是 trio，其字首也是 tri。

身為高階主管，需要代表公司參加各大大小小的會議，當交換名片
時，你要怎麼介紹自己？在說完自己的大名和職稱後，還必須說出你
代表哪間公司前來參加會議，這會是比較正式且專業的說法。現在就
從奧運誓詞（athlete oath）來學習吧！

奧運的運動員誓詞是 1920 年時，由 Baron de Coubertin 所撰寫。因為
它只用簡潔、有力、清楚的英文，道出運動員所應遵循的運動精神，
因此被近代每屆的奧運大會所使用，延用至今已近 100 年：

**In the name of all competitors, I promise that we shall
take part in these Olympic Games, respecting and
abiding by the rules that govern them, in the true spirit
of sportsmanship, for the glory of sport and the honor of
our teams.**
我代表全體運動員宣誓，為了體育的光榮和本隊的榮譽，我們將以真
正的體育精神，參加本屆奧運會比賽，尊重和遵守各項體育規則。

這句英文中，明白表示「以真正的運動精神」（in the true spirit of
sportsmanship），為了「體育的光榮和本隊的榮譽」（for the glory of
sport and the honor of our teams），運動員要「尊重與遵守體育規則」
（respecting and abiding by the rules that govern them）。

其中，有 3 個常用片語，值得我們好好一學。

in the name of 代表⋯，代替⋯，為⋯

「name」是「名字」，但是「in the name of ～」是「以～的名義」或「作為～的代表」。與「on behalf of ～」意思相近。「on behalf of ～」是英文中用以表示「代替～」或「代表～」。

✎ 舉例

She sold the property in the name of the owner.
她代表屋主賣了這個房地產。

One athlete from the host country takes the oath at the Opening Ceremony on behalf of all athletes.
開幕式時，主辦國的一名運動員需要代表全體運動員宣誓。

A lawyer issued a statement on behalf of this superstar from Hollywood.
一位律師代表這位好萊塢超級巨星發表了聲明。

take part in 參加

「part」是「部分」，但是「take part in」是「參加」，等於動詞的 participate（參加）。

✎ 舉例

All senior managers have to take part in this important meeting.
所有資深經理人都必須參加這個重要的會議。

abide by 遵守

「abide」單是一個字的時候，有「忍受」之意，但是它加上 by 之後，卻是表示「遵守」的常用片語。此外，相同意思的「comply with」也很常用，值得一記。

✒ 舉例

Please check out the new office rules that we need to abide by.
請看一下我們需要遵守的辦公室新規定。

馬上練習 | 多益模擬考

Speaking _____ behalf of the vice president, Alan Lee thanked the employees for their contributions to the fund-raising project.
（A）at （B）on （C）by （D）for

📄 解析

本題意思為：「李艾倫代替副總裁說話，為募款計畫感謝員工的貢獻。」本題四個答案都是介系詞，看似在測驗介系詞的語法，其實是在測驗你知不知道「on behalf of ～」是常用片語「代替～」。如果你知道這個片語，本題對你而言，只是一個「秒殺題」。正確答案（B）只需數秒即可得到。附帶一提，句首的 speaking 是分詞構句。

No. 52
跟 Apple Watch 學 推出新品怎麼説？

業務單位最需要的，就是為公司產品尋找舞台，尤其是推出新產品的時候，要如何打響名聲！現在就以每次發表新產品都引起全球最關注的蘋果發表會為例，告訴你如何介紹新品登場。

debut 首次露面；初次登台

part **5**
經理篇

Step12

Step13
產品
展示

Step14

首先是 debut。這個字偶而可以當做名詞前的形容詞用，源自法文，因此發音很特別，讀作 [dɪ`bju]。如果說「某產品上市」，可以說 XX（product）made its debut，還有一個更簡單的說法是 XX hit the market。

🖋 舉例

Zenfone 2 made its debut last week, and the first batch was sold out in minutes.

Zenfone 2 hit the market last week, and the first batch was sold out in minutes.
華碩手機 Zenfone 2 上週登場了，第一批貨被秒殺搶光。

其他可用於「推出」的多益單字還有 unveil、launch 與 release 等，是以動詞用法為主，其中 launch 常當做名詞來用。

The launch of our new high-end laptop is scheduled for the last week of April.

我們新的高階筆記型電腦預定 4 月最後一週推出。

H-tech unveiled a new type of software package.

H 科技公司推出新型的套裝軟體。

British singer Adele released her third album in 2015.

英國歌手愛黛兒在 2015 年發行她的第三張專輯。

馬上練習 | 多益模擬考

Apple Watch 一上市後立刻成為社群網站討論的熱門話題，以下是參照多益測驗 Part 3 簡短對話題型製作的範例對話，看看如何用英語來聊蘋果、如何討論這些功能：

A: The Apple Watch finally made its debut on March 9. What do you think?

B: I'm gonna get one when it's on sale in Taiwan. That's what I think.

A: So you're an iSheep of the Apple cult after all.

B: Don't call me that. I'm simply a hardcore fan of Apple gadgets because they have excellent quality. I like finer things in life. Is that a crime?

A: Apple Watch has a variety of cool functions powered by custom-made apps. Which is your favorite feature?

B: My favorite is Sketch. I can draw something on the surface of my watch. Simultaneously, my girlfriend sees on her watch how I draw it.

解析

英文的「果粉」該怎麼說呢？有人可能提出 iSheep 這個新創的俚語，其實並不貼切。因為中文「果粉」一詞，偏向正面意義；反之，iSheep 是相當負面的，意指像羊一樣盲從的人，只要別人說好，他就跟著說好。多數果粉想必不會願意安上這種頭銜。要找比較接近「果粉」的說法，可以用 hardcore Apple fan（鐵粉）。

這幾個字詞中，最值得注意的是 simultaneously。它的意思就是 at the same time，但這個字音節多，非常難發音。記住重音要擺在第三個音節「ta」上。simultaneously 雖然長，但在日常生活中的使用頻率相當高，無論在多益聽力或閱讀部分都算是常客，需要特別注意。

part 5
經理篇

Step12

Step13
產品
展示

Step14

全文翻譯 ▶▶▶

A：Apple Watch 終於在 3 月 9 日初登場了。你怎麼看？

B：台灣開賣時我要去拿一支。這就是我的看法。

A：所以你就是蘋果教的一個果痴嘛！

B：不准這樣叫我。我只是喜歡蘋果產品的忠實果粉而已，因為它們有好品質。喜歡好東西有錯嗎？

A：蘋果手表有多種量身訂做的驅動應用程式的酷炫功能。你最喜歡的功能是什麼？

B：我最愛的是塗鴉功能。我可以在手表上畫圖，然後我女友可以同時在她的手表上面看到我畫圖的過程。

feature	[fitʃɚ]（n.）功能	
sketch	[skɛtʃ]（n.）素描	
simultaneously	[saɪməl`tenɪəslɪ]（adv.）同時地	
fan	[fæn]（n.）粉絲	
gadget	[`gædʒɪt]（n.）精巧電器或電子產品	
quality	[`kwalətɪ]（n.）品質	
a variety of	種類繁多的	
custom-made	訂做	
on sale	銷售中；特價	

53
新制度上路該
該怎麼說？

國家有新制度、科技業有新軟體、食品業有新食品、觀光業有新景點等等，每天都有新的事物推出。但是該怎麼表達可是一門大學問，身為主管的你，可要學學如何介紹新產品。

本單元就以台灣 2014 年施行的「國道計程收費」，開上高速公路的汽車都要按照行駛里程數收費的新政策為例，看看各家媒體是如何報導：

The National Freeway Bureau will launch its new "Pay as You Go" toll system today.
國道管理局將在今天起，啟用計程收費制度。（ICRT，台北國際社區廣播電台）

The new freeway toll system will be officially launched today, following the removal of the original electronic tollbooths yesterday.
原本的電子收費站在昨天拆除之後，新的高速公路收費系統將從今日正式上路。（The China Post，英文中國郵報）

兩則報導都不約而同用了 launch 這個字，來報導新的國道計程收費的啟用、上路。launch 原本是用於飛機、飛彈、太空船等等的「發射」，或是指「發動」戰爭、「發起」某一個有組織的活動。

part **5**
經理篇

Step12

Step13
產品
展示

Step14

源於以上字義，launch 在職場上衍生為新產品要進入市場與發行。因此，在新車款上市、新書發行、時尚新品發表、新東西啟用等報導中，可以讀到 launch 這個字，注意，它是動詞與名詞同型。

✏ 舉例

With the new formula, the company hopes to launch the new product by next summer.

有了這個新配方，公司希望明年春天以前，推出這項新產品。

馬上練習 | 多益模擬考

The figures in the recent sales report contrast dramatically with those before the ＿＿＿ of Tasty Beverages' promotion campaign.
（A）limit　（B）launch　（C）extract　（D）permit

📄 解析

本題的正確答案是（B）。本題意思為：「在最近銷售報告的數字裡，跟特斯替飲料公司在促銷活動之前相比，呈現很大的反差對比。」「特斯替飲料公司開始從事促銷活動」（the launch of Tasty Beverages' promotion campaign）；launch 在此句中是當名詞使用。

至於（A）限制、（C）是萃取物、（D）為許可證；放入句中，皆使句意扭曲，因此不選。值得一提的是，limit、extract、permit 也都是動詞與名詞同型。

figure	[`fɪgjɚ]（n.）數字、圖表、人物；（v.）計算、認為
contrast	[`kɑn͵træst]（n.）對比
dramatic	[drə`mætɪk]（adj.）顯著的、戲劇的
promotion	[prə`moʃən]（n.）促銷、提升
campaign	[kæm`pen]（n.）大型活動、參加競選

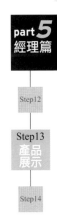

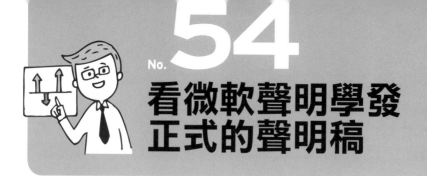

市面上的產品推陳出新，有責任感的企業，一定要對公司的產品負責，當產品停產時，就需要一份正式的聲明通告，告訴你的使用者基於什麼原因停產、何時停產、有沒有需要使用者特別注意的地方等等。現在就以微軟公司的聲明稿舉例說明。

2014 陪伴大家多年的微軟 Windows XP 走入歷史。微軟公司的相關網站持續打出標題為「Support is ending soon」的公告，下面加註一個醒目的句子：

On April 8, 2014, support and updates for Windows XP will no longer be available. Don't let your PC go unprotected.
在 4 月 8 日這一天，Windows XP 的技術支援與更新功能將不再可得。不要讓你的個人電腦處於不受保護的狀態。

在這篇聲明中還提醒你，如果 4 月 8 日之後你仍舊使用 Windows XP 的話，你可能遇到以下 3 個問題：

1. ···, technical assistance for Windows XP will no longer be available, including automatic updates that help protect your PC.
自 4 月 8 日起，不再提供 Windows XP 的技術協助，包括可以保護你個

人電腦的自動更新功能。

句中的 available，是「可用的」、automatic 是「自動的」，update 當動詞指「更新」、「提供最新資訊」；當名詞時，用於「最新的情況或資訊」、「更新的資訊」。

2. ···, your computer will still work but it might become more vulnerable to security risks and viruses.

在技術支援結束之後，如果你繼續使用 Windows XP，你的電腦雖然仍可使用，但是在安全風險與電腦病毒的威脅之下，電腦比較容易受到傷害。

句中的 vulnerable 這個字是「易受傷的」、security 則有「安全」、「保障」、「保全人員」、「有價證券」的多重字義。

3. Also, as more software and hardware manufacturers continue to optimize for more recent versions of Windows, you can expect to encounter greater numbers of apps and devices that do not work with Windows XP.

還有，因為許多的軟硬體製造商都在持續「優化」他們 Windows 軟體的較新版本，所以你將會碰到許多 App 及裝置設備與 Windows XP 不相容的問題。

句中的 manufacturer 是「製造商」、device 是「裝置」。

All G & H Software Corporation staff should update _____ timesheets on a daily basis.

（A）theirs　（B）them　（C）their　（D）they

解析

本題的正確答案是（C）。題意為：「所有 G & H 軟體公司的員工都要每日更新他們的工作時間記錄卡。」句中的 staff 雖然沒有加 s，看似單數名詞，卻是「集合名詞」，要視為複數，而且永遠不加 s，用於指「全部的員工或幕僚」。

（A）雖然也是「他們的」，但是 theirs 這種所有格代名詞後面不接名詞，因為它們本身已含有名詞意涵，等於「their + 名詞」。至於（B）與（D）都是「他們」，但是本句的「their timesheets」是「他們的工作時間記錄卡」，需用所有格代名詞，因此不符。

註：微軟公司停止支援更新 Windows XP 聲明：http://windows.microsoft.com/en-us/windows/end-support-help

「我的產品比較好！」 這樣說正式又有力

相信推出新產品時，潛在購買者最想知道的就是你的產品有比我現在用的產品好嗎？好在哪？因此，在新產品發表會中，清楚說出你的產品優勢，是至關重要的。現在，我們就以 2012 年 iPhone 5 的新聞來說明，也許大家會更有共鳴，可增加學習效率。

一如市場上預估的，iPhone 5 與前一款的 iPhone 4S 相比，它有 6 個「比較好」：比較輕、比較薄、螢幕比較大、電池的續航力比較久、上網的速度比較快以及相機功能比前一款或其他品牌更強大。

這裡先學英文語法裡的 3 種「比較」：

1 同級比較

表示「A 與 B 一樣」，用 as ～ as ～。

舉例

She is as diligent as her older sister.
她和姊姊一樣用功。

2 兩者作比較

表示「A 比 B 較為～」，用 than 加上比較級形容詞或副詞。

part**5**
經理篇

Step12

Step13
產品
展示

Step14

She is more diligent than her older sister.
她比姊姊用功。

3 三者或三者以上作比較

表示「某某是最～」，用 the+ 最高級形容詞或副詞。

舉例

She is the most diligent of the three sisters.
3 個姊妹中，她是最用功的。

我們可以看到許多媒體對比的英文報導，這是我們學比較語法的最好時機。看媒體怎麼說：

As expected, the iPhone 5 screen is taller than on the iPhone 4S, making room for another row of icons.
如預期的，iPhone 5 的螢幕比 4S 長，可以有空間再多放一排圖標。

句中，我們看到第二種兩者間做比較的用法，句中有「than」與比較級形容詞 taller。

Apple Inc. unveiled the year's most eagerly awaited phone at an Apple event in San Francisco.
蘋果公司在舊金山的活動中，推出今年最受期待的手機。
句中，我們看到比較的第三種用法：三者或三者以上做比較，句中有「most」的最高級形容詞 the year's most eagerly awaited，這裡的形容詞是 awaited，它是動詞 await 的過去分詞當形容詞使用。eagerly 在此是副詞，修飾形容詞 awaited。

本題是多益測驗 Part 5 句子填空的典型題型，模擬媒體的報導：

Apple Inc. unveiled the iPhone 5, saying it's thinner and _____ than the previous model, even though it has a bigger screen.
（A）light （B）lighter （C）lightly （D）lightness

解析

正確答案是（B），破題的關鍵是「than」這個字。一看到 than，即知本句是兩者作比較，而且空格前的 and，在其前方已有比較級形容詞 thinner，所以我們應選（B）lighter，它是形容詞 light 的比較級。

（C）是 light 的副詞，而（D）是其名詞，在此皆不是正確合適的型態。

本題意思為：「蘋果公司推出 iPhone 5，聲稱它的螢幕比之前的款式雖然較大，但是機身較薄與較輕。」

本句有兩點值得一提。一是 unveil 雖然不算常用字，但是在英語新聞中，只要有新產品上市時，會常在報導裡看到。此字原指「揭開布幕」這個動作，例如雕像要公開展示前的揭幕，如今被借用為新品、新計畫的「推出、公開」。二是答案中的 light，它可是多益測驗聽力部分的高頻用字，因為它是典型的「多義字」；當形容詞時，它是「輕的」、「明亮的」、「口味淡的」、「熱量低的」；當名詞它是「光線、光亮」，也指「燈」；當動詞它是「照亮、點燃」。

舉例

She lights up my life.
她照亮了我的生命。

part5
經理篇

Step12

Step13
產品
展示

Step14

No. 56 談判第一課，用在說明、狀態都能用的 State

身為高階經理人，總有許多狀況需要排解，小到同事之間的糾紛，大到公司談判，這時 state 就派上用場。學會這個關鍵字，就能在正式場合中措辭合宜，展現專業形象。

當名詞用時

state 當名詞用時是「狀態、情況」。例如我們說一個人的心態或心智狀態時會用 state of mind。state 也可以用在「戰爭狀態」，以北韓為例，金正恩宣布朝鮮半島進入「戰爭狀態」時就是用 a state of war。

舉例

I don't think you should handle the case in your present state of mind.
我認為以你目前的心態，不應處理這件個案。

The technicians believe this machine can be restored to its original state.
技術人員相信這台機器可以恢復到原來的狀態。

state 除了是名詞的「狀態、情況」之外，它也是一個國家裡的「一州」，例如美國有 50 州，紐約州是 New York State，而紐約市是 New York City，兩者有所區別。在古代的時候，「州」其實就是一個「國家」的觀念，所以 state 也可以指「國家」。

「美國」就是以州為國名的國家，全名是美利堅合眾國 United States of America，簡稱 United States。而美國的「國務卿」是 Secretary of State，這裡的 state 就是指「國家」。中國前最高領導人胡錦濤訪問美國白宮時，被稱為「國是訪問」，英文是 state visit，這裡的 state 也是指「國家」。

當動詞用時

state 當動詞是指「陳述、說明」，而且不一定指口頭陳述，文字的陳述說明亦可用。

✒ 舉例

The price is clearly stated on the back of her quotation.
價格清楚地列在她的報價單背面。

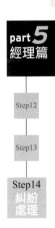

North Korea said in a statement that the Korean Peninsula was entering a state of war, and would retaliate against any provocations by the United States.
北韓在聲明中說，朝鮮半島進入戰爭狀態，並且會向美國的挑釁進行報復。

相關連字詞

statement 是 state 的名詞，是我們常見的「聲明」。

✒ 舉例

The press is working on the CEO's recent statements on the financial crisis of his company.
媒體正在研究這位執行長對他公司財務危機的聲明。

「聯合聲明」則是 joint statement。此外，英語新聞也常看到某人「重申」某事，用的是 restate，字首的 re 有「again（再、反複）」的意思。值得一提的是，有個與 state 算是系出同源、而且字義有關聯性的字是 status，讀作 [`stetəs] 或 [`stætəs]，它不但指「情形、狀況、狀態」，更尤其指眼前的「現況」。

✎ 舉例

What is the status of the trade negotiation?
貿易談判的現況如何？

馬上練習 | 多益模擬考

Ms. Smith formally announced her resignation in an official _____ when all members of the board were present at the meeting.

（A）state （B）states （C）stating （D）statement

📄 解析

正確答案是（D）。statement 是「一份正式聲明」。至於（A）、（B）、（C）的 state 雖可以當動詞的「陳述、說明」、名詞的「狀態、情況」，或是「州」、「國」，但是在此都不符句意。

本題意思為：「當所有董事會成員在場出席會議時，史密斯女士在一份正式聲明中宣布她的辭呈。」

announce	[ə`naʊns]（v.）宣布；發布
resignation	[ˌrɛzɪg`neʃən]（n.）辭職
board	[bord]（n.）板、牌狀物；董事會； （v.）登上（船、車、飛機）
present	[`prɛznt]（a.）現在

part**5**
經理篇

Step12

Step13

Step14
糾紛
處理

No. 57
「狀況」來了，Condition、Situation 怎麼分？

高階主管經常需要處理各種緊急情況，該怎麼用英文表達呢？

critical

英語字彙 critical 有「批評的、吹毛求疵的」之意，它與 criticize（批評）、critic（評論家）系出同源。此外 critical 還有「非常重要的、關鍵性的」之意，因此 in critical condition 是指病情危急的，亦可以用 in serious condition。

在 in critical condition 這個片語中，值得特別注意的是 condition 這個字，它可是職場與多益測驗裡的重要字！condition 是指「狀態、狀況」，與 situation 的字義非常接近，但是兩者稍有差別。

condition

condition 是指人、事、物本身的狀況或狀態，situation 則是指外在或周圍的「情況、處境、局面、形勢」。

✏ 舉例

The road is in poor condition.
道路的路面狀況很糟糕。

She is in a difficult situation.
她的處境艱困。

condition 除了在字義上有「狀況」之外，它在職場上還指「條件、條款、前提」，例如合約、協議裡設定的條件等等。

✏️ 舉例

There are many conditions in this contract for letting retailers use these appliances.
這份合約裡，在零售商使用這些裝置設備上，有許多條件。

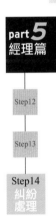

馬上練習 | **多益模擬考**

part **5**
經理篇

Step12

Step13

Step14
糾紛
處理

We are still waiting because Mr. Smith assured us that some used cars in perfect _____ will be on display next month.

（A）situation

（B）problem

（C）development

（D）condition

🖱️ 解析

正確答案是（D）。本題依其句意，是指「車況完好的二手車」，而「一輛車況完好的二手車」正確的說法應該是「a used car in perfect condition」。

答案（A）的 situation 容易被誤選，因為 condition 與 situation 在字義上很相近，如果以中文概念去思考，容易造成混淆。如前所述，situation 是「情況、形勢」，在此句子中並不正確。（B）是問題、而

（C）是發展、開發也都不符句意。

本題句意為：「我們仍在等待，因為史密斯先生向我們保證，下個月有一些車況完好的二手車將要展示。」

多益時事通

在法新社（AFP）的報導中，也能看到 in a critical condition 的用法。

Michael Schumacher, the retired seven-time Formula One champion, was in a critical condition on Monday after suffering severe brain trauma in a skiing accident in the French Alps.

曾經得過 7 次 F1 方程式賽車冠軍的退休車手舒馬克，週一在法國阿爾卑斯山滑雪時發生意外，腦部嚴重外傷，情況危急。

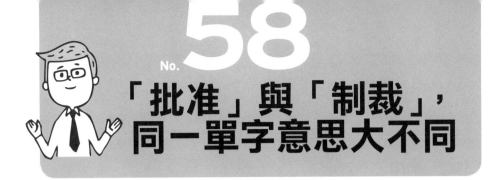

「批准」與「制裁」，同一單字意思大不同

英文中，「批准」與「制裁」都是同一個單字：sanction，身為高階主管的你，務必小心使用。

「批准」的用法

在字典中，sanction 有兩個字義，一是「認可、批准」，二是國際政治裡的「制裁」。

sanction 據說源自 saint 這個字，saint 有「聖徒」或當動詞的「承認某人為聖徒、使成為聖徒」之意。基於此意，sanction 從 saint 演變為「認可、批准」。

✏ 舉例

Official sanction has not yet been given to them.

他們尚未獲得正式批准。

在職場與多益測驗裡，單數不加 s 的 sanction 多半指正式而且是上級對下級的「批准」、「准許」，也可當動詞使用。

✏ 舉例

The recruiting committee took actions only with the sanction of our CEO.

招募委員會必須有執行長的批准，才能採取行動。

The Central Bank refused to sanction a further cut in exchange rates.
中央銀行拒絕批准進一步降低匯率。

「制裁」的用法

在宗教力量強大的年代，神職人員有權採取措施、禁止未經許可的活動
（measures taken by authority to discourage unsanctioned activities），
使原本是「認可、批准」的 sanction 演變成「制裁」之意。現今尤其
指貿易禁運的國際制裁，而且要用加了 s 的複數型。

以烏克蘭（Ukraine）為例，2014 年因大規模的暴動、總統被罷黜落
跑、外國勢力介入等事件而登上國際新聞頭版，美國因此考慮對烏克
蘭實施制裁。某家國際媒體下了這樣的標題：US considers Ukraine
sanctions。

✎ 舉例

The United Nations imposed economic sanctions against this country.
聯合國對這個國家實施經濟制裁。

馬上練習 ｜ 多益模擬考

No new investments or acquisitions will be made without the
_____ of Kolsen Records' board of directors.
（A）event　（B）sanction　（C）adoption　（D）convenience

📖 解析

正確答案是（B）。sanction 在此是「批准」、「准許」之意。董事會的

英語說法是 board of directors。investment 是投資；acquisition 是併購，為 acquire 的衍生字，acquire 是「獲得、取得」。

此外值得一提的是 no……without……的句型，它是「雙重否定」，表示「若非……就無法……」。選項（A）、（C）、（D）帶入之後，皆使句意扭曲，因此不符。本題意思為：「要是沒有 Kolsen Records' 公司董事會的批准，將不會進行新投資案或併購案。」

多益單字大補帖

investment [ɪn`vɛstmənt]（n.）投資
acquisitions [ˌækwə`zɪʃən]（n.）獲得；收購；取得
acquire [ə`kwaɪr]（v.）取得；獲得

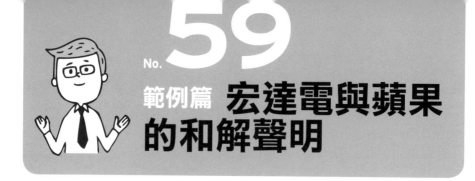

2012 年蘋果（Apple）公司與宏達電（hTC）共同發表和解與撤銷訴訟
的聯合聲明。值得一提的是，這短短的聲明中，有不少職場單字與片
語，可以讓大家應用在職場上的聲明、布告和文件中。何不利用這個
聯合聲明測驗一下自己的職場英文實力。

馬上練習 ｜ 多益模擬考

這篇標題為「hTC and Apple Settle Patent Dispute（宏達電與蘋果公司
解決專利權爭議）」的聯合聲明，只有短短 5 句英文，可以稱得上是延
續賈伯斯（Steve Jobs）「簡約」的精神。這篇兩大智慧型手機巨頭的 5
句英文共同聲明說了什麼？又有哪些好字呢？

hTC and Apple Settle Patent Dispute

hTC and Apple have ___1.___ a global settlement that includes
the dismissal of all current lawsuits and a ten-year license
agreement. The license ___2.___ to current and future patents
held by both parties. The terms of the settlement are
___3.___.

"hTC is pleased to have resolved its dispute with Apple, so hTC can focus on innovation ___4.___ litigation," said Peter Chou, CEO of hTC.

"We are glad to have reached a settlement with hTC," said Tim Cook, CEO of Apple. "We will continue to stay laser focused on product innovation."

1. （A）maintained　（B）landed　（C）reached　（D）arrived

2. （A）extensive　（B）extends　（C）extension
　　（D）extending

3. （A）confident　（B）confidence　（C）confidential
　　（D）confidentiality

4. （A）instead of　（B）in the event of　（C）as for
　　（D）except for

part 5
經理篇

Step12

Step13

Step14
糾紛
處理

🗐 解析

第 1 題正確答案是（C）。「reach」平時常見的字義是「到達、抵達」，但是「達成協議」、「達成和解」或「聯繫」的動詞也用 reach。所以第一題正確答案是（C）。（A）是維持、（B）是降落、登陸，（D）是到達，皆不適合。

✍ 舉例

You can reach me at the email address above.

你可以用上面的電子郵件地址連絡我。

標題中的「settle patent dispute」這 3 個字都應該學，因為它們是國際

職場會用到的字，尤其 settle 不但有「結束（爭端）、解決（問題）」，它也有「安頓、安排」與「定居」之意；此外，股票交易裡的「交割」也用這個字。

第 2 題的正確答案是（B）。句中很明顯的是少了一個動詞，所以正確答案是（B）。選項（A）是形容詞、（C）是名詞、（D）是現在分詞或動名詞，皆非。

多益測驗裡最常用「擴展、擴張」的有兩個字：extend、expand。其中「extend」尤其指「線」的擴張，所以又有「延長」之意，它的名詞 extension 亦可指電話的「分機號碼」。

句中的 party 是多益測驗常出現的多義字，它有「政黨」、「派對」，還有「一群人」以及「當事人、一方」之意。本句是指宏達電與蘋果公司「兩方」。

第 3 題正確答案是（C）。職場上的薪資、密碼、商業配方等等，都是機密，但不是用 secret，而要用 confidential。

第三題中，空格在 be 動詞 are 之後，應該放一個「形容詞」來修飾這個 terms，較符合句意，所以正確答案是（C）。至於（A）、（B）是「信心（confidence）」的形容詞與名詞，此字與 confidential 相似，但不符句意。

第 4 題正確答案是（A）。片語「instead of」是常用片語，表示「代替～；是～而不是～」，它也可以單獨用 instead。（B）是「如果，在～情況下」，（C）是「至於」，（D）是「除了～之外」。

✎ 舉例

Can I have salad instead of fish pie?

我可不可以只要沙拉，不要魚肉派？

You can use pepper instead.

你可以用胡椒代替。

有趣的是，最後蘋果執行長提姆庫克（Timothy Cook）用了 laser 這個字，它原本是「雷射」，雷射光是一種高度聚合的光束，以此形容非常 focus（專注）的程度。

全文翻譯 ▶▶▶

宏達電與蘋果公司達成一個全球性的和解，包括撤回現有的訴訟與簽定 10 年授權許可合約。這份授權許可擴展到目前與未來兩造雙方所握有的專利權。這份和解的條款是機密。宏達電很高興與蘋果公司解決了爭端，而宏達電可以專注在創新而非訴訟。樂見與宏達電和解，將更專注於產品創新

多益單字大補帖

innovation [ˌɪnə`veʃən]（n.）創新
litigation [`lɪtə`geʃən]（n.）訴訟、爭訟
patent [`pætnt]（n.）專利權
dispute [dɪ`spjut]（n.）爭論、爭執

多益職場一本通
不只考試好用，工作現場更實用！

作者	多益情報誌
商周集團榮譽發行人	金惟純
商周集團執行長	王文靜
視覺顧問	陳栩椿
商業周刊出版部	
總編輯	余幸娟
責任編輯	陳瑤蓉、潘玫均
封面設計	米栗點舖有限公司
內頁設計、排版	米栗點舖有限公司
出版發行	城邦文化事業股份有限公司-商業周刊
地址	104台北市中山區民生東路二段141號4樓
傳真服務	（02）2503-6989
劃撥帳號	50003033
戶名	英屬蓋曼群島商家庭傳媒股份有限公司城邦分公司
網站	www.businessweekly.com.tw
製版印刷	中原造像股份有限公司
總經銷	高見文化行銷股份有限公司 電話：0800-055365
初版1刷	2016年（民105年）5月
定價	360元
ISBN	978-986-92835-1-9

國家圖書館出版品預行編目資料

多益職場一本通：不只考試好用，工作現場更實用！ / 多益情報誌著. -- 初版. -- 臺北市：城邦商業周刊, 民105.05
　面；　公分
ISBN 978-986-92835-1-9(平裝)

1.多益測驗 2.商業英文 3.讀本

805.1895
105002408

藍學堂

學習・奇趣・輕鬆讀